# CHRONIQUES DES ÎLES

Riccardo PINERI

Crédit reproduction tableau de couverture
d'après Versunkene Insel (L'île engloutie) de Paul Klee - 1923
Aquarelle sur papier vergé contrecollé sur carton.
Exposé au LaM
Lille Métropole Musée d'art moderne, d'art contemporain et d'art brut.

ISBN-13 : 978-2-491152-12-3

# CHRONIQUES DES ÎLES

Riccardo PINERI

# Préface

En montagnard aguerri qu'il est, lui l'enfant italien né à Cesana et ayant grandi dans les Hautes-Alpes, Riccardo Pineri emprunte des chemins de crête pour entrevoir l'articulation des mondes occidental et polynésien. À travers son personnage phare d'Hiriata, il parle de tout ce qu'il a pu comprendre du monde polynésien, qui demeure toujours un mystère à ses yeux. Invitation au voyage mais aussi à la méditation, le réalisme est au centre de son roman.

L'auteur n'use ni d'invention édulcorée ni de rapport complaisant. Sans vouloir créer la polémique, il pose un œil critique sur l'univers qui l'entoure et qu'il aime, et rend compte de cette réalité rugueuse, ce cœur énigmatique du réel. Le cœur qui bat chez les êtres vivants et dans les choses. Les visages sont multiples : il y a la Tahitienne Hiriata, fil rouge romanesque, Guy le journaliste *popa'ā* à la forte volonté d'identification, Sergio Bonelli l'homme d'affaires italien, le Père O'Reilly qui porte la soutane et voyage en Vespa, et plein d'autres personnages encore. Hiriata, fille d'un pêcheur de la Presqu'île, possède mille facettes. La jeune *vahine* opère sa mue, son corps se transforme, sa voix devient rauque, attirant les regards des mâles. Férue de lecture, elle réalise très vite que la littérature est essentielle pour comprendre le monde. L'exil également. Elle va ainsi découvrir l'ailleurs et s'ouvrir aux autres. Bientôt titulaire d'un Certificat d'aptitude au professorat de l'enseignement du second degré de musicologie, son épanouissement est transcendé par l'écoute de musique classique et de jazz. Passionnée par Mozart, elle l'est tout autant de théâtre. Un art qui revêt un rôle fondamental dans la trame romanesque.

D'ailleurs, ces chroniques rendent hommage à tous les arts, à l'instar de certains peintres ayant vécu au *fenua*. Adriaan Herman Gouwe est ainsi omniprésent au fil des pages, apportant ses touches régulières de luminosité éblouissante qui contraste avec la nébulosité dont font parfois preuve les Polynésiens. On retrouve en outre l'incontournable Paul Gauguin, un artiste auquel Riccardo Pineri a consacré notamment un colloque international et publié des actes pour le centenaire de sa mort. Professeur de littérature comparée et d'esthétique, il a en effet enseigné pendant une dizaine d'années à l'Université de la Polynésie française. À l'image de la peinture lumineuse de « *Koké* » lorsqu'il réside à Punaauia, avant son ultime départ aux Marquises qui marquera une période plus sombre, les jeux de lumières interrogent là encore l'observateur. L'écrivain, lui, évite d'être ébloui, il ne doit pas cligner des yeux ou jouer la comédie, le roman est l'interstice de sa liberté. Il crée une connivence avec le lecteur, qui est chahuté d'un bord à l'autre de l'embarcation lorsque la duplicité du monde est mise en exergue. Cette ambivalence, cette dualité, ce paradoxe s'illustre dans le mélange d'ouverture et de retrait, voire de secret, propre au peuple polynésien, qui ne parvient pas à taire sa violence, malgré le silence de la mer atone. Il fait référence à l'allégorie de la caverne de Platon, dans le livre VII de *La République*, dans lesquels sont prisonniers les hommes. Ils doivent alors se délivrer des chaînes de la culture et mettre en discussion leurs propres préjugés.

C'est cette richesse tragique qui intéresse l'auteur. Philosophe de formation, il incite chacun de nous à trouver des antidotes, des anticorps contre cette violence prête à jaillir : l'Art en général, c'est-à-dire la littérature, le théâtre, la peinture, la musique... mais aussi, bien sûr, l'Amitié, dont les liants nécessaires sont les conversations, les dialogues, les échanges, etc.

Riccardo Pineri regrette que les théories culturalistes postcoloniales montrent l'Occident comme le seul responsable des malheurs de Tahiti et que des clichés véhiculés par des voyageurs venus d'ailleurs aient créé le mythe de «Tahiti-carte-postale». Et de fustiger «les porteurs de *fē'i*» qui transportent dans leurs bagages les poncifs sur la «Polynésie-paradis-d'avant-l'arrivée-des-*popa'ā*». Et de charger les nouveaux intellectuels qui ont trouvé le paradigme absolu de l'abomination dans la bombe atomique française, qui joue ici le même rôle de «symbole terrifiant» qu'en Afrique l'esclavage. Ces demis qui revendiquent leurs racines identitaires et qui ont trouvé dans le néologisme «*mā'ohi*» l'équivalent idéologique de la «négritude» de Césaire et de Senghor, le Sésame pour mettre la France en situation de coupable devant l'Histoire et d'éternelle débitrice. Il regrette qu'il n'y ait pas de pensée indigène propre; même les Henri Hiro ou les Duro Raapoto ont été façonnés, formatés, par la culture occidentale. Le monde polynésien a été bouleversé avec les grandes mutations de l'après-CEP, mais est-il pour autant perdu?

Selon lui, tout n'est ni noir ni blanc, il faut apporter des nuances et séparer le bon grain de l'ivraie. Le mal ne vient pas de l'extérieur, il habite chaque individu, chaque culture. Le Polynésien est influençable, le pouvoir politico-religieux le sait et en profite. Il considère également que le poids de la famille et le communautarisme intéressé privent de l'individualisme et donc d'une certaine forme de liberté. La relation des deux mondes, leur confrontation, est imagée par le «*tempo rubato*» qui, dans le langage musical, signifie une altération du rapport entre les notes écrites et celles jouées. Il peut être entendu comme la différence entre la vie et l'écriture, entre l'œuvre d'art et l'existence. Mais Hiriata est le signe fort que le monde polynésien n'est pas mort pour Riccardo Pineri.

Montagnard chevronné qui n'hésite pas à emprunter des sentiers escarpés, il est aussi un marin qui aime faire des vagues pour avancer. Son roman nous pousse à une longue réflexion intérieure, au gré d'un océan qui n'a de pacifique que le nom.

Dominique Schmitt

# La femme à la voix rauque

Hiriata *mai*, viens. Où tu es ?» La voix de la mère lui parvenait amortie dans la cabane où l'on entreposait les filets, les bouées pour la pêche de fond, les longues cannes en bambou pour les bonites. Depuis qu'elle avait appris à lire, elle se réfugiait ici, loin des contraintes de la vie familiale et des jeux des enfants du voisinage, avec les livres comme compagnons fidèles. Sa mère regardait avec tendresse les nouvelles habitudes d'Hiriata et confiait plutôt aux sœurs aînées les tâches de la maison ; son père respectait l'étrange passion de sa fille, depuis que le diacre lui avait fait cadeau d'un exemplaire illustré pour la jeunesse des paraboles de la vie du Christ. I

Il était surpris de voir que sa fille ne s'appliquait pas à lire avec les lèvres, comme les voisins qui suivaient toutes les fonctions religieuses du quartier, elle disait «lire avec l'esprit». Félicité l'institutrice lui prêtait les livres de la bibliothèque de l'école et Hiriata aimait beaucoup sa maîtresse qui renouvelait chaque matin la couronne de fleurs fraîches autour de son chapeau en pandanus qui lui donnait fière allure et port de reine, qui savait si bien raconter des histoires, faire aimer les poèmes qu'elle connaissait par cœur, en trouvant pour chacun la mélodie qui convenait. Elle avait une voix musicale, douce, ferme et apaisante lorsqu'elle lisait les contes des frères Grimm et les légendes de l'ancien Tahiti. Elle parlait souvent de l'âge où les animaux dialoguaient avec les hommes, du temps où le paysage de l'intérieur de l'île, avec ses montagnes aujourd'hui escarpées et inaccessibles et ses grottes obscures et mystérieuses, connaissait des jardins fertiles, des prairies où les arbres donnaient en profusion leurs fruits et comment les hommes, par des actes de violence et de transgression, avaient provoqué la destruction de l'éden jadis florissant. L'intérieur de l'île avec ses pics acérés, son maquis impénétrable traversé par la vague odorante du vent de la montagne, était devenu le *fenua ino*, le mauvais pays. Pour Noël, l'institutrice lui avait offert un livre qui racontait l'histoire d'une petite fille vivant dans un chalet des montagnes suisses, en compagnie du grand-père et d'un troupeau de chèvres. Hiriata aurait aimé avoir, comme Heidi, «des joues rouges comme des pommes», elle rêvait de fenils dorés par le soleil couchant de la haute montagne, des torrents entourés de prairies de perce-neige et de narcisses. Elle avait le même âge qu'Heidi et elle était surprise de voir que dans les villages des Alpes, aux fêtes du printemps, les jeunes filles tressaient des couronnes avec des fleurs des près et les premières fleurs du jardin, que les chevaux étaient enrubannés avec les œillets des champs, et que les hommes mettaient le dimanche leurs plus beaux habits, les femmes leurs robes avec les fichus de soie.

Dans son district de Pueu de la presqu'île de Tahiti, les jeunes filles aussi se paraient le dimanche de leurs plus beaux atouts pour aller à l'église ou au temple, elles savaient tresser les jolies parures qui rivalisaient avec les couronnes plus savantes des femmes mûres. Les grands yeux noirs d'Hiriata s'ouvraient étonnés à la vie et les livres apprenaient à la regarder. Elle n'aimait pas les légendes comme celle d'Hina la jeune fille qui frappait avec son maillet les fibres de l'écorce du mûrier pour fabriquer le tissu de *tapa*. Le dieu Ta'aroa dérangé dans son sommeil avait ordonné à ses guerriers de faire taire le bruit, ceux-ci avaient arraché la tête d'Hina et l'avaient projetée dans le ciel et depuis ce jour elle était devenue l'astre nocturne et la déesse de la Mort. Les dieux cruels des anciennes légendes lui rappelaient l'oncle Terii qui n'arrêtait pas de l'épier d'un œil mauvais lorsqu'elle se baignait dans la rivière. Hiriata aimait les histoires qui avaient un début, un développement, une fin et qui étaient conformes aux réalités de la vie tout en donnant à celle-ci un autre éclairage, une autre couleur aux événements. Lorsqu'elle venait faire ses devoirs sur la grande table familiale en bois de rose, la mère s'approchait silencieusement, s'asseyait sur un coin de la chaise comme si elle avait peur de déranger un rite qu'elle ne connaissait pas, dont elle craignait l'étrange envoûtement. Ce n'est que pendant l'enfance que les livres ont une véritable influence sur notre vie et pour Hiriata vivre et lire était encore synonyme. Elle avait l'âge où le monde s'ouvrait avec des passe-relles nombreuses, au lieu de s'enfermer dans des murs qui dé-limitaient la propriété des choses, de limiter le monde au *fenua* qui désignait à l'origine une vallée ou un domaine établissant des frontières entre « nous » et « les autres ». Lorsque l'obscurité profonde et inquiétante de la nuit polynésienne prenait posses-sion de la maisonnée, elle allumait une loupiotte avec l'huile de coco pour pouvoir prolonger la lecture et éloigner les mauvais esprits qui rodaient. Le plaisir du réveil était encore plus grand lorsqu'elle pensait à la lecture qui l'attendait.

Elle sentait son corps qui commençait à changer, elle s'apercevait que le temps immobile dans lequel se moulaient ses journées avait pris un autre rythme, et des frissons secrets et nus affleuraient, comme l'eau de la rivière qui caressait ses membres. Félicité, son ancienne maîtresse, lui apprenait à jouer du piano et les livres avaient trouvé ainsi un relais, une nouvelle saveur com-posite. Les occupations de la maison faisaient place à un temps plus authentique, celui des mots qui éclairaient, des images qui fascinaient et des notes soustraites au rythme quotidien. Elle partageait plus souvent les jeux avec les autres jeunes filles, les plongeons depuis les branches du *mape* aux racines noueuses dans la rivière qui frappaient le corps, coupaient le souffle et faisaient affluer la vie en un éclair. Son corps mordoré dans les reflets de l'eau complice vivait dans la fraîcheur de ces jours qui lui apportaient un nouveau bonheur, elle ne savait pas encore qu'elle l'aurait retrouvé comme clair souvenir. Les regards des jeunes garçons se posaient maintenant sur elle avec une intensité furtive, une timidité gauche que seule l'adolescence savait si bien montrer.

Sur le récif, elle courait avec souplesse et légèreté, elle développait son corps dans l'espace, la foulée des longues jambes semblait ne pas toucher le sol ; les longs cheveux noirs mouillés par les embruns et l'effort venaient caresser le corps couleur vieil or aux rayons du couchant, l'espace prenait sens, se rassemblait autour de la jeune fille, s'exprimait à travers elle. Pendant un temps, la beauté faisait irruption dans le monde avec l'émerveillement du lieu et de l'instant, transformant les êtres génériques en présence, avant de laisser à nouveau les choses dans leur silence habituel.

Depuis des temps immémoriaux, un événement analogue, unique et absolu en des tels endroits, avait dû frapper des êtres rustres et violents, transis dans la peur des choses et leur ouvrir les yeux, mais sait-on que faire de la beauté parmi les hommes ?

C'était un samedi après-midi et ses parents étaient partis dans un district voisin avec ses sœurs pour une veillée funèbre d'un cousin éloigné, laissant Hiriata seule à la maison soigner son rhume. Depuis quelques semaines, la fraîcheur de l'hiver austral s'était installée et les nuits étaient balayées par le *hupe*, le vent frais qui descend de la montagne. Les parents partis, Hiriata se réfugia dans sa cachette, dans son « chalet de montagne », comme elle appelait l'entrepôt du père. Elle leva les yeux de *La*

*Rue Cases-Nègres* de Joseph Zobel emprunté à la bibliothèque de l'école, bercée par le bruit du ressac sur les galets du rivage, fascinée par l'énorme chose qui s'élevait dans le brassage des vagues du récif, dont la respiration emportait la vie ailleurs très loin, au bout du monde. Le cri de la sterne, aigu et plaintif, déchirait le ciel dans l'entrebâillement de la porte, elle décrivait des cercles, s'immobilisait, baissait sa tête et plongeait en piqué, les ailes pliées et le bec comme un stylet sur les poissons du lagon.

Soudain, la pluie était arrivée, faisant taire tout autre bruit, prenant possession de l'espace avec acharnement, tambourinant sur l'eau et frappant les larges feuilles des *ape* d'un crépitement continu monotone et lourd. Le grincement de la porte la fit sursauter, l'oncle Terii se précipita sur elle, les yeux méchants et fous, il la saisit par les poignets, faisant tomber le livre, le piétinant, déchirant ses pages comme il arracha le pagne qui recouvrait la jeune fille, pesant de tout son corps sur elle. La douleur lancinante comme un fer rougi prit fin, l'homme partit en un éclair et elle s'aperçut que la pluie avait cessé. Hiriata se leva, un mince filet perlait entre ses cuisses, descendait le long de la jambe, rougissait le sable du sol. S'approchant de la fenêtre elle vit que le soleil faisait retour, éclairant la surface sans rides de la mer toute proche, avec la ligne légère et blanche du récif apaisé. Une douleur plus aiguë que le fer, un sentiment de honte et de dégoût envahissaient sa chair meurtrie.

Elle était maintenant élève du Collège Lycée La Mennais de Papeete ; interne du Foyer des jeunes filles du quartier de la Mission, elle rentrait à Pueu le vendredi après-midi avant de reprendre le truck pour la ville le lundi matin aux aurores. Ses parents étaient fiers de ses résultats scolaires, des éloges des enseignants qui l'aidaient à poursuivre ses études. Le père avait envers elle la fierté discrète de l'homme du peuple vis-à-vis des enfants qui réussissent et la conduisait souvent avec lui à la pêche le samedi de bonne heure, il lui apprenait à reconnaître de loin le vol particulier des oiseaux qui signalaient la présence des dorades coryphènes, à suivre le sillage frétillant bleu des poissons dans les remous des vagues et des écailles ensoleillées, de leur tendre les leurres à la bonne distance. Il était dans la force de l'âge, grand, mince les muscles saillants sans un fil de graisse. Les yeux verts étaient la trace visible d'un mélange récent, et la sérénité du regard était en harmonie avec le sourire des lèvres minces, autre apport du sang-mêlé. Le bateau le délivrait de la servitude de l'espace. Dans le matin calme et la mer soyeuse, la pirogue dans le lagon semblait suspendue par enchantement au-dessus des parterres des coraux chatoyants aux rayons du soleil, sortilège permanent des fonds marins. La bonté du père était visible dans la familiarité qu'il entretenait avec les objets, dans l'habileté avec laquelle il maniait les outils avec soin et adresse, il priait aussi avec ses mains et avait un rapport confidentiel avec le monde qui le rattachait profondément, au-delà des appartenances locales, à l'histoire ancienne des classes populaires.

Hiriata avait souvent essayé de confier aux sœurs son secret, toujours arrêtée au dernier moment par le sentiment inavouable de la honte. Un soir, de retour d'une bringue pour fêter l'anniversaire d'un des cousins, elle commença son récit sans pouvoir arriver à la fin. Sa sœur Tea pleurait à grosses larmes et les sanglots déchiraient sa poitrine, tandis que Mareva l'aînée regardait fixement dans le vide, les yeux embués de larmes froides et remplis de haine. La parole se brisa dans le silence révélateur.

Elle fit toute sa scolarité jusqu'au baccalauréat grâce aux bourses d'études et sa passion de la lecture nourrissait chez elle l'art des questions, l'habitude qu'elle avait pris d'interroger les choses et les êtres au lieu de se contenter de réponses déjà données comme la plupart de ses camarades. En terminale littéraire Hiriata avait comme professeur de philosophie une jeune enseignante aux yeux de pervenche qui évoquait à ses élèves les rues ensoleillées de Paris, s'arrêtant aux terrasses des cafés au premier soleil printanier où étaient assises de jeunes liseuses, des garçons en discussion sur le dernier numéro de *Les Temps modernes*, des vieux messieurs qui posaient leurs mains sur la page ouverte pour regarder la vie tumultueuse et infiniment complexe qui passait. Elle arrivait à montrer à ses élèves, au travers d'une page de *Noces*, comment Albert Camus avait réussi non pas à imiter la vie, ou à rivaliser avec elle, mais il avait créé des formes qui opéraient une synthèse avec la vie et lui donnaient sens. Elle leur apprenait comment chaque phrase d'un écrivain véritable résonne de la pensée qui la dirige et la rend manifeste, à l'instar des couleurs et des traits dans un tableau, que l'art n'imite pas la vie, mais il est la preuve que la vie ne suffit pas à expliquer l'existence. « L'allégorie de la caverne de Platon, dans le livre VII de *La République,* est un mythe de type nouveau qui met fin aux mythes anciens, dans lesquels sont prisonniers les hommes », expliquait la jeune enseignante. « La caverne est la culture en tant qu'attachement aux racines de l'habitude et les hommes ici enchaînés ne voient que les ombres et les illusions du vrai monde. L'homme qui parvient à se délivrer des chaînes de la culture, à mettre en discussion ses propres préjugés, s'ouvre véritablement à la quête de la nature commune des nations. »

Après son baccalauréat dont la mention lui valut d'obtenir une bourse d'études pour poursuivre les études universitaires, elle fit le grand voyage en métropole, à Angers pour s'inscrire en première année de Lettres à l'Université Catholique de l'Ouest. La douceur de l'arrière-saison l'accueillit, avec la végétation de magnolias, de palmiers et de camélias du pays angevin. Les vignes du Val de Loire étalaient leur symphonie de roux, de terre de Sienne, de jaune or qui remplissait d'émerveillement la jeune fille. L'hiver arriva apportant dans la ville le froid humide qui obligeait le corps à se lover sur lui-même, tandis que le regard cherchait le ciel qui se devinait, blafard et glauque, à travers les toits des grands immeubles. Elle commençait à s'habituer au froid de la ville et trouvait que les brumes de l'hiver immobilisaient le mouvement incessant de la ville, elles le rendaient plus lisible. La camaraderie étudiante parvenait à lui donner un peu de la chaleur de la famille lointaine sans en avoir toutes les contraintes. Les brigades amicales se faisaient et se défaisaient dans les bars de la vieille ville, des discussions se nouaient autour du dernier film de la cinémathèque, du dernier livre lu. La bibliothèque de l'université était devenue son palais des merveilles qu'elle partageait très démocratiquement avec d'autres élus qui se retrouvaient souvent avec un petit sourire complice. Elle avait découvert le roman *La grande peur dans la montagne* de Charles-Ferdinand Ramuz l'écrivain suisse romand du début du siècle, dans lequel elle retrouvait les terreurs archaïques des légendes qu'elle avait connues dans son enfance.

Les légendes tirent leur force de la dimension inquiétante de la réalité, du sacré ancien pétri de peurs et d'interdits, elles sont les récits vagabonds d'une parole qui circule dans les soirées de veillée autour du feu des cheminées de montagne, dans la voix des *haere po* polynésiens de jadis, des orateurs qui transportaient leur auditoire dans les contrées lointaines des mémoires et des songes. Jeune fille des îles, elle ne se sentait pas une « fille méprisée », comme le féminisme ethnique ne cessait de le répéter, tout proche dans ses poncifs sur « le bonheur de la société polynésienne avant l'arrivée des Européens » de la gouvernante acariâtre du roman d'Heidi qui sortait des formules lénifiantes du style « la hauteur des sommets couverts de neiges éternelles élève l'âme ».

Elle avait l'impression que les littérateurs de la repentance, aux formules rhétoriques bien rodées, ressemblaient fort aux bonimenteurs du marché de Papeete, qui faisaient sortir de leur bouche un ruban multicolore de mots tandis qu'ils faisaient disparaître en un tour de main la petite boule du sens sous les clochettes. Si l'image des *vahine* prêtes à se donner dans la joie aux marins blancs lui semblait un peu trop réductrice, les récits à la mode des filles en pleurs livrées aux marins par leur père, leur frère ou leur mari devenus des agents de la prostitution, étaient une image en négatif héritée des *Voyages aux îles du Grand Océan* de Moerenhout et développée récemment sur vaste échelle. L'université avait organisé une série de conférences sur la découverte des mers du Sud de la part des navigateurs occidentaux et Hiriata avait été marquée par l'intervention d'un ethnologue des îles Samoa, l'œil profondément ému, qui avait fait pleurer toute la salle en décrivant les plaintes déchirantes de jeunes filles destinées aux désirs des étrangers. Entre la fille soumise, réduite au rôle passif dans le rituel d'affliction, et le nouveau modèle de la féministe revancharde, l'image véritable et complexe de la femme polynésienne se rétrécissait fortement, elle perdait en humanité ce qu'elle gagnait en actualité.

Hiriata était sûre que l'anthropologie n'était pas une science expérimentale tendue à définir des lois objectives, mais un exercice de l'interprétation en quête de significations, plus proche en cela de la littérature et de la philosophie que des sciences de la nature ; elle n'était pas non plus un exercice « post-scientifique » qui démolissait et rendait nulle toute parole sur autrui, affirmant que la différence ne renvoyait qu'à un rapport de forces purement subjectif.

La culture était un texte écrit par des hommes, que d'autres hommes avec un langage différent, dans des temps et des contextes différents, parvenaient à déchiffrer et à traduire parce qu'il y avait, au-delà des savoirs locaux et autocentrés, une nature commune de l'humanité, une logique universelle de la prévarication et de la violence, de la grandeur et de la générosité et souvent de leur terrible mélange. En quittant Angers, elle suivait cette passion de l'interprétation que les leçons de piano de Félicité lui avaient apprise. Le monde lui appartenait parce qu'elle le comprenait.

Hiriata s'était inscrite aux cours de musique et de musicologie de l'université de Paris IV, elle suivait également des cours de littérature comparée et donnait des leçons de piano dans des institutions privées, envoyait de longues lettres à la maison que le diacre de Pueu lisait aux parents très émus. Sa mère écoutait, toujours assise sur un coin de la chaise, indécise entre la présence discrète et le départ timide et furtif, tandis que le père assumait la même attitude digne et compassée qu'il avait pendant les prêches du dimanche. Hiriata habitait une mansarde spacieuse et ensoleillée sous les toits dans le quartier de Montparnasse et avec ses épargnes elle avait pu installer un piano.

La musique remplissait ses journées d'une douceur mélancolique, notamment le Trio en Bi bémol majeur Opus 100 de Schubert qu'elle jouait selon le mélange d'accélérations et de ralentis à l'intérieur d'une phrase musicale laissée à l'inspiration de l'interprète qui était un peu l'emblème de son existence, du mélange de bonheur et de tristesse. L'Opus 100 était devenu son exercice préféré avec sa richesse mélodique et le jeu d'attrait et de distance, d'appel et de refus qui se créait entre le violon, le violoncelle et le piano. Elle appréciait pour la même raison le jazz, qui savait élégamment et avec discrétion faire résonner la mélancolie du bonheur. Jonas, l'ami de Francfort, l'accompagnait souvent aux concerts à la chapelle des Lombards et ils avaient passé un été amoureux au festival de Marciac, véritable moment de plénitude pour Hiriata.

À la rentrée, elle avait découvert l'opéra et compris que cet art de la modernité européenne avait de nombreux points en commun avec les spectacles du « Heiva » tahitien, où pendant tout le mois de juillet se succèdent des pièces théâtrales avec des danses et des musiques tirées du répertoire traditionnel, de sujets issus de la tradition orale polynésienne sur des thèmes et des préoccupations contemporaines. Musique, danse, chorégraphies et arts traditionnels, déclamation oratoire et poésie rassemblaient dans un même espace-temps des formes de création multiples, un art des œuvres d'art. Après avoir obtenu son CAPES pour l'enseignement de la musique, Hiriata avait demandé un poste de lectrice de langue et littérature françaises à l'Université Charles de Prague, ville majeure pour l'élaboration de l'histoire de l'Europe moderne, qui lui permettait d'approfondir sa passion pour le théâtre musical. Jonas l'avait suivie dans ce voyage au cœur de l'Europe baroque, où l'histoire sinistre du XXe siècle avait arrêté le temps et l'on pouvait rencontrer, au détour d'une ruelle mal éclairée, des personnages sortis tout droit des *Histoires pragoises* de Rilke ou des nouvelles de Kafka, dans une taverne enfumée le sourire roublard du brave soldat Schweik de Jaroslaw Hasek. Le voyage à Prague était aussi un voyage dans le temps, où cohabitaient dans les vieilles pierres des temporalités multiples et les rivalités et les haines de l'Histoire semblaient se réconcilier dans le silence égalisateur. Depuis la chute du mur de Berlin et les transformations des pays de l'Est européens, Prague était en train de se réveiller de ce sommeil protecteur. De nombreux immeubles vétustes et vénérables étaient détruits, d'autres connaissaient la véritable cure de jouvence de la reconstruction capitaliste qui se superposait aux ruelles de l'ancienne ville médiévale, des immeubles de l'architecture anonyme contemporaine côtoyaient des magasins borgnes héritages de la pénurie socialiste qui donnaient à la «ville aux toits d'or» l'air d'une vieille coquette aux liftings soigneux. Le cœur de la ville ne cessait de battre dans ses rues inondées du soleil d'été où l'on pouvait encore entendre, depuis les chopes des barbiers et les boulangeries aux vieux comptoirs en bois, sortir les airs du «catalogue» de Leporello du *Don Giovanni*, la voix printanière de Zerlina. Mozart était devenu le compositeur préféré d'Hiriata depuis qu'elle avait assisté à la représentation des *Noces de Figaro* dans le grand théâtre de l'Opéra de Prague et que le bonheur de la vie lui avait été révélé dans le duo de la rivalité amoureuse de Suzanne et de Marcellina où chaque mot sonnait juste et le dialogue des deux femmes éclatait d'humour, forme suprême de l'intelligence. Ce qui la séparait de «l'ethnologie culturelle» était le rejet de la croyance que chaque culture est autocentrée, fermée sur elle-même, possédant un patrimoine de références et de valeurs que le colonialisme occidental a réprimé et contraint au silence. Elle trouvait que l'ethnologie des contemporains manquait cruellement d'humour et pensait que le moment était venu d'une véritable confrontation des cultures, au-delà du ressentiment historique et de la solitude des consciences. Si toutes les cultures possèdent un mode particulier de se référer au monde, un «style» singulier qui fait la richesse et la diversité des constructions humaines de la société, elles ne peuvent comprendre ce fond spécifique qu'à travers son autre, par la confrontation avec l'altérité.

Le couple habitait dans les quartiers sud de Prague, dans la rue Belehradská, non loin de l'Université Charles où Hiriata enseignait en tant que lectrice de langue et littérature française et s'y rendait avec le tramway. Depuis son appartement du quatrième étage, tôt le matin et le visage encore tourné vers le mur, elle aimait écouter si les wagons étaient en partance dans la lumière turquoise et pure des matins ensoleillés, ou si le tintement de la clochette avait des sonorités ouatées dans le silence volumineux et le crissement feutré des pneus sur la neige, ou bien si le tramway était embourbé dans la neige lourde du printemps, embrumé dans les premiers brouillards de l'automne. Fermant les yeux sur les rayons du jour filtrés par les jalousies, elle voyait tout proche le frémissement bleu des mahi mahi de l'île natale. Se tenant ainsi, l'imagination dans la patrie de l'invisible et le corps dans la réalité du lieu, elle trouvait sa condition heureuse, en ce qu'elle était libre.

Le couple avait fait retour à Paris, Hiriata avait repris ses cours de piano et Jonas donnait des cours d'allemand. Ils fréquentaient souvent la Cinémathèque de Chaillot, heureux de quitter les frimas de la ville pour se retrouver dans des forêts tropicales sous des lumières lourdes et chaudes, dans les paysages désertiques des films westerns afin de partager les mêmes passions que d'autres êtres. Depuis quelque temps, ils se rendaient à des réunions politiques avec des étudiants polynésiens, où il était question de « l'esclavage nucléaire en Polynésie ». Hiriata trouvait que la réalité de l'esclavage en Afrique et le colonialisme français en Polynésie étaient des phénomènes incommensurables et que la confusion de leur réalité contribuait à brouiller la compréhension de l'histoire récente. Jonas, comme la plupart des jeunes Allemands de sa génération, n'avait pas encore fait le deuil de l'oppression nazie des pères et il acceptait toutes les critiques de l'Occident qu'il identifiait au totalitarisme, en justifiant même la haine des anciens colonisés. Après quelques années de vie en commun, le couple se sépara, sans disputes, sans éclats, sans véritable raison, l'amour ayant tout simplement fait son temps.

Depuis la rupture avec Jonas, l'envie de faire retour à Tahiti se fit de plus en plus sentir. Elle demanda sa mutation et fut nommée professeur de musique au Lycée Gauguin de Papeete. La famille l'attendait avec impatience et le père avait organisé un grand *tamara'a*, le repas de fête autour d'un veau cuit à la broche auquel il avait convié les parents, les amis et tous les voisins de Pueu. Il avait vieilli, les rides sur son visage faisaient émerger la noblesse de l'âme qu'il partageait avec de nombreux autres hommes et femmes tahitiens quand ils parvenaient à ce grand âge où les origines populaires et l'allure aristocratique se réconciliaient et devenaient visibles chez le même être. Sa mère était très fatiguée, elle se déplaçait avec difficulté, seuls ses yeux gardaient l'intensité des couleurs absolues du lagon devant lequel elle passait la plus grande partie de sa journée. Elle s'asseyait près de la fenêtre dans la rougeur du couchant, les mains posées sur ses genoux et le regard fixe sur l'horizon illimité jusqu'à quand le crépuscule doré laissait rapidement place à la nuit profonde qui faisait d'elle une ombre qui s'effaçait parmi les ombres de la maison. Elle avait accueilli Hiriata par une caresse timide, presque craintive, lui disant «Tu me rends ma jeunesse», c'était tout ce qu'elle parvenait à avouer de sa tendresse profonde. Ses sœurs s'étaient mariées et étaient parties vivre l'une à Raiatea, l'autre en ville, à Papeete.

Le père sortait désormais rarement à la pêche, sauf lorsqu'Hiriata se proposait de l'accompagner, il préparait alors le bateau, les cannes et les lignes de traîne, les bouées du large, avec un grand bonheur retrouvé. Depuis le départ d'Hiriata en métropole, beaucoup de changements avaient affecté le monde populaire, plus en profondeur qu'en apparence, qui semblait en effet répéter les rythmes ancestraux de la vie polynésienne, mais l'âme des gens en était touchée, même les corps commençaient à montrer les signes des nouvelles habitudes alimentaires, importées depuis les années 60 par la société de consommation. Le ressentiment et l'envie jouaient un rôle nouveau par rapport à l'équilibre entre besoin et désir de la société polynésienne d'avant les mutations introduites par le Centre d'Expérimentation nucléaire du Pacifique. Récemment, le sentiment d'appartenance interclassiste, la notion de «groupe ethnique» avaient pris de l'importance, avec le développement du sentiment identitaire auprès des nouvelles générations.

Hiriata fréquentait parfois d'anciens camarades du lycée qui lui parlaient comme si elle était une expatriée, une étrangère et qui considéraient son amour pour les livres comme une pose. Elle n'arrivait pas à leur expliquer que souvent, lorsqu'elle se mettait à regarder la mer, celle-ci n'était plus la mer, mais une tache blanche infinie réunissant toutes les couleurs, qu'elle voyait dans les choses les plus usuelles la preuve d'une présence absolue. Un matin sur la route qui l'emmenait au lycée elle s'arrêta brusquement devant l'île de Moorea qui se détachait au loin, clairsemée par les nuages de la saison de pluie. Les masses cotonneuses dessinaient des taches blanches sur les crêtes, des filaments simulaient les vallons d'hiver de la Suisse qui l'avaient étonnée lors d'un séjour avec Jonas qui semblait déjà si loin. Elle retrouvait le sourire de l'ami pendant que les flocons tourbillonnants se déposaient sur son visage.

La plupart de ses compatriotes avaient une existence réglée dans la sphère étroite de la vie insulaire, rythmée par les mêmes motifs : la naissance, le travail, l'engendrement et la mort et ils acceptaient leur destinée de bon cœur, surtout lorsque celle-ci n'avait pas les mêmes difficultés que sous d'autres cieux, moins généreux, moins ensoleillés, où la lutte pour la vie était sûrement plus âpre, pas moins difficile. De son côté, elle avait appris à façonner sa vie malgré la douleur du souvenir qui remontait parfois à la surface, mais sûre désormais que c'était là une vie digne d'être vécue. Elle savait que la conscience du mal nous avait exilés du Paradis et que la Terre promise, comme le lui avait appris la littérature de Kafka, était faite de lambeaux de mémoire, toujours à l'horizon, plus loin. Elle n'habitait plus uniquement un « monde local », fait de relations codifiées et réglées entre les choses et les êtres, les mots et les hommes, mais un monde ouvert, où plusieurs sens se croisaient et s'enrichissaient mutuellement. Sa voix s'était transformée, elle était devenue rauque, ce qui donnait à ses phrases une ampleur soutenue, un charme certain dans les conversations amoureuses.

Sa rencontre avec un ancien camarade du lycée donnait lieu à de longues discussions. Jeune instituteur dirigeant du mouvement écologique local, il était partisan de « l'écologie culturelle », prétendant que la véritable préservation de l'environnement appartenait déjà à l'ancienne société polynésienne où les hommes réglaient d'une façon non conflictuelle leur rapport à l'espace, obéissant au rythme des saisons, imposant un repos aux activités agricoles et à la pêche. Il n'avait pas tout à fait tort, faisait remarquer Hiriata, sauf que les interdits et les règles de l'ancien monde qui décidaient de ce qui était licite ou illicite étaient acceptés par tous comme une chose naturelle, comme naturel était le pouvoir des chefs et l'obéissance des manants, rythme immuable du monde sur le modèle du firmament stable. L'ami instituteur confondait l'histoire de Tahiti des temps anciens avec les valeurs « peace and love » de la culture *new wave* américaine. Il voulait remplacer le terme de « nature » par celui de *Te aru tai mareva*, qui réunissait les trois éléments constitutifs du monde polynésien, la végétation (*aru*), la mer (*tai*) et le ciel (*reva*), trois « divinités majeures » expliquait l'instituteur féru de théologie ancienne et spécialiste des pensées boiteuses. Hiriata lui rappelait que l'étymologie *natura* indique tout ce qui naît et se développe, la force de la vie qui s'épanouit, décline et meurt, tandis que les trois éléments évoqués par l'ami semblaient suspendus, sans liaison, flottants dans une identité vide, comme si l'on voulait traduire en tahitien la notion d'«être humain» ou de «personne» par «les jambes, le cul, la tête». L'espace humain, comme le savait l'ancienne culture polynésienne, ne relève pas en premier lieu de soucis «écologiques», mais d'attributions topologiques qui viennent d'événements sacrés, portent témoignage des sacrifices et des hautes luttes qui rappellent ces origines dans les noms propres. L'instituteur avait pompeusement baptisé les sorties à la mer avec ses élèves de «réappropriation de l'élément aquatique». C'était difficile de le convaincre des fautes de langage, des erreurs de sens qu'il transmettait à ses élèves, cela revenait à essayer de faire comprendre le mystère de l'Incarnation à une assemblée de francs-maçons.

Hiriata supportait très mal la défense de l'instituteur du libre usage du cannabis, du *pakalolo*, introduit à Tahiti dans les années 70 par la culture surf américaine et dont la jeunesse fortunée de l'île s'était rapidement appropriée, l'intégrant dans la culture festive post nucléaire et justifiant son usage par le fait qu'il s'agissait d'un produit «naturel».

Depuis une dizaine d'années, le cannabis était devenu un véritable fléau pour les îles polynésiennes, associé à l'alcool il produisait des ravages sur la santé, mais surtout il légitimait la dépendance à l'idole du bonheur présent sans lendemain. Pourquoi donc se former, étudier, travailler s'il suffisait de planter quelques pieds d'herbe à illusions pour se procurer la nourriture et les caisses de bière que l'on consomme sur le trottoir des magasins, scénario d'un vide existentiel privé d'histoire où le mythe du bonheur se transforme en discours creux d'importation sur la jouissance sans entraves, se clochardise dans la réalité sinistre de la violence ordinaire. Si le chœur est encore chrétien, surtout par habitude, l'esprit demeure païen, dans l'idolâtrie du corps, la dépendance des êtres de leurs propres désirs et la torpeur de l'idéal de l'effort zéro. Les demis éveillés voient tout l'intérêt de devenir les promoteurs et les contrôleurs de ce trafic afin de l'organiser et de le rationaliser. Lors d'une fête rituelle sur un *marae* de la côte ouest, Hiriata avait rencontré un ancien compagnon de lycée, que l'on surnommait «biscuit» à cause de sa peau blanche, souvenir ancestral des pays nordiques, qui virait violemment au rouge cuivré du pain bis sous les rayons du soleil. Il portait la couronne de *ati*, des fougères rituelles de la religion ancienne autour du cou, il arborait des tatouages sur tout le corps, lexique complexe dont il ne connaissait pas une seule signification. Hiriata s'empressa de le saluer, arrêtée dans son élan par la phrase du jeune homme «i don't speak French».

Le CEP avait déversé des sommes faramineuses sur la Polynésie et construit une économie artificielle sous perfusion à travers la dette nucléaire que la France remboursait régulièrement. À l'image du Paradis avait succédé l'image du Pays de Cocagne, Tahiti devenant une sorte d'hôtel quatre étoiles aux services absolument gratuits, destination rêvée des couples autochtones d'origine populaire qui économisent toute l'année pour passer dans ces hôtels de luxe un week-end ou deux. De leur côté, les nouvelles classes moyennes achètent massivement des propriétés au Chili, des appartements en Nouvelle-Zélande ou à Las Vegas, la métropole de l'instant éternel, qui transforme et avale toute image d'effort et de travail. Elles utilisent avec beaucoup d'adresses Internet et les derniers gadgets électroniques, tout en se rendant aux cérémonies de l'ancienne religion sur les *marae* dans de rutilantes voitures 4x4. Hiriata avait proposé aux institutions culturelles de l'île d'organiser un cycle de rencontres sur les films d'opéra, assortis de documents récents tournés à l'occasion des fêtes de juillet. On lui avait répondu que Médée, Manon Lescaut, Madame Butterfly, ne faisaient pas partie du patrimoine culturel tahitien pas plus que Pierre Loti, Paul Gauguin ou Victor Segalen, lui signifiant également que l'enseignement de la musique, de la littérature, de la peinture, du théâtre occidental n'était pas si urgent pour la jeunesse tahitienne, mieux valait la « communication ».

Beaucoup de responsables de l'enseignement insulaire estimaient que la formation des élites intellectuelles du Pays devait se calquer sur la stratégie de vente des supermarchés, leur culture se réduire aux spots publicitaires sur fond d'archaïsmes et leur humanité aux sourires *clean*. Hiriata se sentait de plus en plus en décalage par rapport à ses collègues intellectuels locaux, qu'elle appelait les « involutionnaires », puisqu'ils associaient les rêveries réactionnaires d'un passé dominé par des structures sociales rigides et rassurantes à une passion pour les dernières nouveautés techniques de la société moderne. Traditionalistes qui vivaient dans la mauvaise conscience de la tradition, faisant les éloges du « pain beurre et café qui suffisaient aux Tahitiens d'autrefois pour le dîner », ils étaient en même temps hyper modernistes dans leurs goûts de parvenus qui n'accepteraient jamais de revenir à la frugalité de leurs ancêtres, et dans l'admiration de la technologie occidentale sans aucune distance critique. Ils subissaient le complexe insulaire, fait d'un sentiment d'infériorité vis-à-vis de tout ce qui provenait de l'extérieur, mélangé d'une façon inextricable à une forte dose d'orgueil méprisant pour tout ce qu'ils ne connaissaient pas. Elle savait bien que les Tahitiens n'étaient pas tous nés de la cuisse d'Oro, le dieu de la guerre des temps anciens, n'avaient pas tous dans les veines le sang des prêtres et des rois, comme le prétendaient désormais bon nombre d'intellectuels contemporains, que cette tradition imaginaire du passé les empêchait de poser les questions du présent, de construire la démocratie, unique rempart contre la dure réalité de la société globalisée. Ses compatriotes étaient la plupart du temps soucieux de leur généalogie uniquement pour régler de problèmes de succession des terres afin de rembourser les emprunts faits à la banque SOCREDO pour acheter les voitures 4x4 que l'Occident désormais dédaignait. Le retour au pays natal avait mis en lumière pour Hiriata la dimension d'étrangeté du monde, le fait que celui-ci n'est pas donné en héritage et dont le sens est à construire.

# Au chant du coq

Les cris des coqs avaient pénétré dans son sommeil, brisant le mélange de rêves et de cauchemars qui depuis des années alternait avec de longs éveils où défilait la vie passée, et semblait maintenant cruellement manquer de réalité. Il coupa le système d'alarme, les boutons d'appel des gardes qui protégeaient son repos, fit taire le chien qui voulait le suivre, descendit au garage, prit le vélo et ouvrit discrètement le portillon à côté de l'immense portail. L'aube n'était pas loin, le charme de la nuit tropicale s'attardait et le ciel laiteux semé d'étoiles annonçait une journée radieuse ; quelques zébrures orangées parcouraient le ciel. Il avait enfin réussi à fausser compagnie à l'attention bienveillante et sévère de ses employés, à sortir pour revoir les étoiles et à prendre la route pour aller chez le boulanger de Tautira. La sœur du commerçant chinois travaillait dans la propriété et il n'aurait jamais refusé de faire crédit au « signor Bonelli ».

Depuis quelques mois, il avait appris à se servir du vélo, il appréciait le vent sur le visage, la sensation d'effort heureux pour pénétrer dans l'espace et le voir se reculer. Habitué à la climatisation, aux déplacements dans les voitures et les avions, il renouait maintenant avec le désir d'enfant tapi dans la mémoire. Il n'avait jamais trouvé le temps d'apprendre à faire du vélo, trop de travail déjà tout enfant, trop sérieux vis-à-vis des études. L'âge adulte avait succédé sans transition à l'enfance et à l'adolescence et ses réussites d'homme d'affaires avaient mis en sommeil ce désir qui parfois revenait, accueilli avec un sourire ironique comme un ange annonciateur de frivolités.

Dans l'heure la plus silencieuse, celle qui précède l'arrivée du matin, le grondement de la houle d'est accompagnait les coups de butoir des vagues sur le récif, des gerbes éclatantes se déchiraient dans un ballet spectral et blafard, le souffle du vent dans les *aito* rendait une plainte métallique qui rythmait le crissement des roues sur la route humide. Le 4x4 roulait vite, très vite. Il venait du fond de la presqu'île et se dirigeait vers Papeete après une soirée bien arrosée. Il savait qu'il aurait dû rester cuver sa bière chez les amis, qu'il était déjà sous le coup d'une suspension du permis de conduire à cause de l'alcool, mais le mépris atavique du danger, la moue renfrognée de sa compagne, l'ennui des soirées de bringue, l'avaient poussé à prendre le volant. Dans la nuit sans lune, le nid-de-poule n'était pas visible, le vélo fit une embardée qui projeta le vieil homme à terre. La voiture eut un sursaut lorsqu'elle passa sur son corps, « un coco », dit la voix ensommeillée de la femme.

La propriété que Sergio Bonelli avait aménagée près du village de Tautira tenait à la fois du château fort et du jardin oriental. La maison au fond de la vallée était adossée à la falaise et reposait sur des pilotis en ciment qui supportaient un étage ouvert en demi-cercle sur le lagon, avec d'immenses baies vitrées que le soleil matinal inondait et qui accueillaient les pastels du couchant. Il avait fait détourner le lit de la rivière qui descendait des cascades de l'intérieur de l'île pour construire une centrale procurant une autonomie totale au domaine et fait installer une clôture électrifiée, tout autour des hauts murs protégeant la demeure. Dans le grand parc, des filets de cours d'eau, des lacs et des ponts dessinaient un jardin japonais, avec des carpes indolentes et de délicats nénuphars. Sous la maison s'abritait un refuge anticyclonique creusé dans le ventre de la montagne, deux pièces hermétiquement closes communiquaient par une porte minuscule, elles étaient parfaitement identiques, avec le même mobilier sobre, les mêmes réfrigérateurs américains qui pouvaient abriter la nourriture pour un mois d'une famille de Phoenix, le même lit spartiate à une seule place.

Il avait l'obsession de l'accident technique, d'une panne dans le déroulement de l'existence, qu'il concevait réglée par les gyroscopes et les outils de positionnement (GPS, boussoles, indicateurs électroniques variés) que ses usines fournissaient à l'armée italienne. Son hélicoptère personnel possédait deux turbines, contrairement à celui destiné à ses hôtes et au transport du personnel, et assurait ses rares déplacements à Papeete, ses retours des voyages à l'étranger depuis l'aéroport de Faa'a, de moins en moins fréquents. La dernière fois, arrivé tôt le matin, il avait été accueilli par un concert de débroussailleuses et décidé à repartir aussitôt pour l'île de Moorea, dans le calme d'un hôtel sur pilotis. Aux amis qui lui reprochaient de maintenir trop d'ouvriers sur son domaine, il rétorquait que c'était là la façon la moins inutile d'employer son argent. Il avait fait venir quelques chevaux de Nouvelle-Zélande et un lointain parent, vétérinaire à Buenos Aires qui avait fait imprimer sur sa carte de visite ses nouvelles attributions : «Director Técnico del establecimiento de Caballos de uso mixto (Silla y Competencias) «Sergio Bonelli», Ciudad de Papeete, Tahití, Polinesia Francesa.» Les chevaux ne se portaient pas très bien depuis que le vétérinaire était rentré au pays sur un coup de blues. Il avait préféré s'en séparer et accueillir le chien-loup Rabadan qui lui rappelait le compagnon de son enfance. Il avait installé un carré de verdure dans lequel il y avait des godétias, des pétunias, et des dahlias simples, des chrysanthèmes et des glaïeuls, des véroniques bleues en souvenir des fleurs que sa mère entretenait avec passion dans le jardin de la maison familiale, et qu'il était obligé de protéger de l'embrasement du soleil tropical avec des ombrières et un système complexe d'arrosage. Sa mère, aux grands yeux noirs, était d'origine sicilienne et donnait à la maison un air perpétuellement festif, avec son chant et sa bonne humeur. Elle aimait danser, aller au cinéma et lui faisait régulièrement la lecture des romans qu'elle choisissait avec beaucoup de goût. Le père possédait un atelier de mécanique à Rivalta, aux portes de Turin, qu'il avait monté grâce aux épargnes du métier de forgeron appris de son père. Celui-ci allait autrefois, à la belle saison, de village en village dans les collines piémontaises avec la forge sur ses épaules, accompagné de ses trois fils qui portaient le soufflet, le charbon et les outils pour souder à l'étain. Il savait fabriquer des casseroles, leur donner la profondeur, le volume et le galbe voulus uniquement avec un maillet en bois et une plaque de fer-blanc. Des générations de montagnards endurcis par le travail et la patience millénaire lui avaient légué l'habitude au silence, que les générations suivantes se transmettaient comme unique et jaloux héritage. Difficile de savoir s'il s'agissait là de profonde sagesse ou d'obstinée et maladroite folie.

Le père de Sergio avait repris l'activité de forgeron itinérant. Ce furent les années aventureuses pour Sergio. Il dormait dans les granges et partageait les repas des paysans, il attendait le retour du père éméché lors des bals dans les fêtes des villages auxquels ils n'étaient pas conviés. Le vin noir et âpre avait le prodigieux pouvoir de rendre son père bavard, ouvert aux confidences de sa jeunesse dans le hameau familial des Alpes, où se mélangeaient les récits des rivalités villageoises autour des femmes et des terres, des bagarres qui se soldaient par du sang et des larmes de repentir, les souvenirs de braconnage au chamois dans l'embrasement matinal des crêtes des montagnes blanchies par les premières neiges. Il faisait encore nuit et ils montaient les sentiers de crête dans le bruit soyeux des hauts sapins pour déboucher au sommet en même temps que le soleil qui chassait le brouillard collé sur leurs vêtements. Le vent accompagnait le lever du jour comme une caresse qui redonnait les couleurs et les formes au monde assoupi. Plus loin, il devait y avoir la mer que son père avait vue lorsqu'il était parti faire son service militaire, il en parlait parfois et ses yeux en gardaient l'éclat des écailles étincelantes. Ils marchaient dans les collines éclairées à jour par les grands feux de la Saint-Jean, ils dormaient sous le ciel si proche, si prometteur que la main aurait pu le caresser. Sergio sentait venir l'hiver rigoureux dans les premiers orages du mois d'août, il savait que c'étaient les signes de la rentrée prochaine, de la fin du bel été, de la reprise de l'école, de l'exercice de la lecture qu'il aimait puisque les livres, comme les sentiers escarpés, n'avaient pas encore cessé à ses yeux de déplacer l'horizon et de promettre d'autres nuits étoilées.

Dans les années 30, le père de Sergio avait construit une maison à étage, avec la grande terrasse et l'escalier qui descendait au rez-de-chaussée où se trouvait l'atelier qui embauchait maintenant quatre ouvriers et s'occupait de la maintenance des premiers tracteurs agricoles, objets nouveaux dans un monde paysan qui commençait à se transformer. Les voyages dans les collines prirent fin, les frères ainés aidaient leur père dans l'atelier et Sergio put poursuivre de son côté d'autres voyages. Bon élève, il fit ses études techniques de dessinateur industriel à Turin. Tous ses intérêts se portaient maintenant sur les disciplines techniques et scientifiques, attiré par la vie des matériaux que la main paternelle savait si bien apprivoiser. Opiniâtre et silencieux comme son père, il considérait désormais ses lectures comme le jardin secret qu'il fallait garder hermétiquement fermé et distant de la vie. Les années de guerre et l'effondrement du fascisme l'entrainèrent dans le maelstrom et il suivit ses frères ainés qui s'étaient engagés dans la Résistance dans les montagnes du val de Suse.

La paix revenue, il trouva un emploi de dessinateur dans la grande ville et commença des études commerciales à l'université. Devenu directeur d'une usine de radiateurs, il avait fondé avec deux autres partenaires l'une des premières usines de réfrigérateurs et d'appareils électriques pour la maison qu'il vendait à prix coûtant. Le rapide succès commercial lui permit d'ouvrir d'autres filiales dans toute l'Italie et il devint l'une des figures majeures du capitalisme populaire, encourageant le développement de l'épargne salariale, créant pour les employés la prime d'intéressement aux résultats de l'entreprise. Ses usines et ses productions très diversifiées étaient un des facteurs clés du boom économique industriel de l'Italie des années 60. Il avait fort peu le temps de s'occuper de sa vie familiale, de sa femme Laura qu'il avait épousée au début des années 50, de son fils Renzo qu'il voyait déjà lui succéder à la tête de l'entreprise. Mais Renzo suivait d'autres chemins, les sentiers dans les collines étaient désormais jonchés de mauvaises herbes et la ville imposait d'autres épreuves, d'autres mots avaient pris la place des anciens et les choses devenaient plus difficiles à reconnaitre. L'amour absolu qu'il portait pour l'enfant devint peu à peu un carcan pour Renzo auquel succéda le mélange de désespoir et de haine, torsion de l'amour mal dirigé, qui n'arrivait jamais à se dire, qui restait dans la gorge comme un nœud d'amertume, d'aigreur et de regret. L'étrange aventure de la paternité semblait s'être arrêtée, l'existence de l'enfant aimé ne cessait de lui échapper.

Tant de silence séparait maintenant le père et le fils, ce dernier devenait de plus en plus l'étranger qu'il était, il avait pris l'habitude de la haine, il s'était lové en elle comme dans un cocon. C'est avec son grand-père que Renzo avait lié une grande familiarité, connu l'éclosion de la véritable paternité faite d'intimité joueuse, d'un respect sans crainte, d'admiration sans peur. Le grand-père n'avait plus besoin du vin pour raconter ses histoires, les yeux brun clair si grands de Renzo suscitaient la vigueur de la vie qui se disait, la source était profonde et l'eau bue enivrait plus encore que l'alcool. L'enfant, qui craignait les paroles du père tout en les sollicitant, avait confiance dans celles du grand-père, il trouvait que ses paroles ne masquaient pas la vie, mais qu'elles l'incarnaient. La mort de ses grands-parents fut vécue par Renzo comme une injustice qui le plongea dans la solitude. Après les études au Lycée classique, il s'était inscrit à la faculté de Lettres, par choix, par goût et pour retrouver l'éclat des paroles comme des cailloux sous la vibration du soleil au fond des torrents de montagne. Dans les années de la contestation étudiante Renzo était devenu l'un des piliers de la révolte, beau parleur il avait trouvé d'autres cailloux, plus ternes et plus meurtriers. Il pourfendait ainsi le « capitalisme assassin », l'« impérialisme américain » et la « métaphysique occidentale ». Parti très tôt de la maison paternelle, il se débrouillait avec de petits métiers, des leçons particulières, aidé discrètement par sa mère qui souffrait les peines de l'enfer en voyant la famille si désunie. Cette douleur persistante, acerbe et sans répit mina sa santé déjà fragile. À la fin des années 70, Renzo s'installa à New York où il commença à écrire des scenari pour le cinéma et le théâtre. Un télégramme du père lui annonça deux ans plus tard la mort de sa mère, lui promettant une lettre, de nombreuses fois récrite et jamais envoyée. À la suite de la mort de sa femme, Sergio Bonelli décida de répondre aux invitations des amis de la communauté italienne fortunée qui s'était installée en Polynésie, à Tahiti et aux îles Tuamotu.

La première fois qu'il vit Hanna la jeune marquisienne, il fut frappé par le rayonnement qui se dégageait de cette figure féminine. Elle portait une robe blanche, courte, qui mettait en évidence sa carnation safranée, le sourire vermeil et discret qui laissait affleurer ses gencives au teint légèrement violet si particulier chez certaines femmes polynésiennes, la longue chevelure noire formait un cadre pour ce visage qui s'imposait et creusait plus profondément le désir, apportant une brusque émotion qui réveillait des sentiments assoupis, promettait de nouvelles aventures et de nouvelles peurs. Elle devint bientôt indispensable à Sergio qui cherchait sa présence, la regardait avec crainte et désir, épiant cette façon de se déplacer dans l'espace comme en dansant. Il revenait souvent dans la maison en hauteur des amis romains à Pamatai, où Hanna semblait avoir élu domicile. La violence des couleurs du couchant sur Moorea transformait les masses montagneuses en des nuages vaporeux rougeoyants et embrasés. À la beauté écrasante succédait la dimension inquiétante de l'île, lourde et sombre à l'approche de la nuit dans sa couleur violette. Cette lumière excessive du crépuscule qui fait irruption sans hésitation, sans nostalgie du jour, endormait les esprits et figeait les choses dans une stupeur langoureuse, préparait les longues soirées des conversations amicales autour de la grande table, où se laissaient entendre les sonorités cristallines, tel le ressac sur la grève caillouteuse, de la langue italienne et de la langue tahitienne.

Dans la lumière nuitée, le corps de Hanna reposait dans l'abandon voluptueux, sa respiration soulevait la rondeur des seins, le visage apaisé mettait en relief des lointaines origines orientales et la blancheur des dents rappelait la couleur soyeuse du *taina*, le camélia tropical. Les bouts des seins d'un violet sombre perlaient en ce mois de décembre si chaud, la bouffée tiède des aisselles évoquait pour Sergio le parfum lointain des narcisses. Le doux parfum du *monoi* au santal de sa longue chevelure, tombait sur le galbe de son épaule aux reflets nacrés de la lune naissante. Il s'était approché de la fenêtre largement ouverte sur la nuit, où se faisaient entendre le chant des coqs insomniaques et l'aboiement des chiens dans la vallée. Les bruits qui annonçaient le matin étaient portés par les senteurs veloutées des fleurs de *tiare*, de *taina* sucrées, des ylangs-ylangs épicées. Le soleil n'écrasait pas encore les formes de vie, ce moment avant le matin permettait aux plantes de s'épanouir et de dégager leurs aromes subtils. Au loin, la voix du récif semblait pousser et faire monter cette vague sonore vers le corps endormi de la femme. Sergio avait l'impression de vivre réconcilié avec le bonheur, au milieu des choses et non pas en face d'elles. Cette nuit avait duré longtemps ou l'espace d'un instant, mais elle s'était gravée chez Sergio avec toute la force de la douceur. Il devint son *tane*, son amant préféré et elle s'installa bientôt dans la grande maison que Sergio avait fait construire sur le domaine de Tautira. Ce furent des années d'insouciance, entrecoupées de quelques séjours aux îles Marquises, des voyages plus ou moins longs en Europe que Hanna appréciait avec un plaisir chaque fois renouvelé. Lors des diners officiels ou pendant les repas amicaux à Tautira, elle s'enveloppait du paréo bien avant le dessert et s'endormait, la tête sur l'épaule de Sergio. Elle avait ce mélange de distance aristocratique et de gouaille plébéienne, de pudeur et d'éclat qui rappelaient à Sergio les actrices des films néo-réalistes de sa jeunesse, derniers chants du cygne du monde populaire, les femmes des quartiers des *bassi* napolitains et de l'Alfama de Lisbonne. Elles avaient en commun la générosité du principe de vie qui se donne.

Il s'était déchargé de toutes ses responsabilités, il avait vendu une partie de ses entreprises, laissées les autres aux soins de directeurs responsables, il était immensément riche. Il avait gardé de ses origines montagnardes le visage sec et anguleux, avec des pommettes rouges, les yeux vifs et l'habitude de conserver à table son verre de vin toujours plein, même s'il habitait depuis longtemps d'autres latitudes de la vie. Si auparavant il n'avait pas un besoin essentiel de littérature ou d'art, pouvant vivre sans eux puisqu'il avait organisé sa vie à l'abri de ces nécessités et considérait l'esprit comme un luxe étranger à la vie même, il avait maintenant tapissé les murs du vaste salon de Tautira avec des tableaux que Leo Castelli, le galeriste de New York et Joaquim Sarda, l'ami marchand d'art de Barcelone, lui procuraient. Grâce à eux, il arrivait à comprendre les couleurs, à apprécier les tableaux qui n'étaient pas bavards, qui ne clignaient pas des yeux au goût de l'époque, aux flatteries des poncifs faciles. Il aimait particulièrement les tableaux comme ceux de Rothko qui savaient rivaliser avec la lumière changeante de la Polynésie, ses ciels et ses lagons inondés par la lumière et aussitôt assombris par les nuages et dont les éclats ne semblent pouvoir être rendus que par le vitrail. Avec quelques tableaux d'Adriaan Gouwe et de Jean Masson, peintres ayant vécu à Tahiti, des tableaux de Capogrossi aux motifs polynésiens, il avait trouvé l'interlocuteur de taille dans un tableau de Nicolas de Staël consacré au paysage d'Agrigente.

Il disait que c'était là, dans la lumière si prégnante de la Polynésie, que l'on pouvait véritablement comprendre la lumière spirituelle et tempérée de la Méditerranée. Lors d'un de ses voyages à Barcelone, l'ami Joaquim lui avait fait connaître le jeune peintre Miquel Barcelo. Il possédait de lui deux grands tableaux consacrés à la corrida, avec le mouvement tourbillonnant des couleurs, l'arène circulaire théâtre d'ombre et de lumière où se retrouvaient l'homme et l'animal pour mimer l'origine du sacrifice, avec son exaltation morbide des fastes et du sang. À la fin des années 80, Joaquim lui avait envoyé une série d'aquarelles du voyage du peintre au Mali, où il séjournait désormais la plus grande partie de l'année, assortie du grand portrait d'un sorcier

dogon. L'intensité du regard mettait en évidence le visage éma-
cié, fait avec des matières organiques, brindilles d'herbes, poils et
cheveux mêlés, terre, feuilles et pigments mélangés à de la chaux
vive qui rendaient un éclat banc et bleuté et parvenait à vaincre
les ténèbres de la nuit polynésienne. Hanna était effrayée, elle
retrouvait dans ce tableau toute la puissance archaïque du sacré,
la primitive terreur de l'inconnu. Le portrait du *tahua* fut démé-
nagé dans une des deux pièces anticycloniques, où il continua à
éclairer la nuit en absence de spectateurs. Sergio possédait peu
de livres, il faisait retour très souvent à l'édition en trois volumes
de *La Divina Commedia* commentée par Natalino Sapegno, *Les
Confessions* de Saint Augustin, que le Père O'Reilly lui avait
conseillé, l'édition originale de 1954 chez Julliard de *Le passage*
de Jean Reverzy, trouvée chez un bouquiniste de la rue du Taur à
Toulouse au début des années 80. Il avait fait la connaissance du
Père O'Reilly qui, malgré son âge, sillonnait les rues de Papeete
sur sa Vespa et il était admiratif devant l'habileté du religieux
à se faufiler parmi les piétons du marché et la circulation des
trucks, la soutane au vent. L'intellectuel mariste qui avait été à
l'origine de la création du Musée Gauguin et du Musée de Tahiti
et des îles, était devenu l'interlocuteur privilégié de Sergio Bonelli. Ils discutaient de Saint Augustin, évoquaient les « palais de
la mémoire », la « personne morale » sujet du droit et de la vérité,
héritage du christianisme et élément fondateur de la modernité.

Ils partageaient l'amour commun pour la poésie de
Dante. Un soir, la discussion portait sur l'habitude chez les Polynésiens lorsqu'ils rencontrent une personne du pays, de lui poser presque abruptement la question « de quelle famille es-tu ? »,
façon de repérer l'autre dans l'espace et le temps à travers la filiation, ce qui conduit presque toujours à retrouver des ancêtres
communs, à ne pas se trouver face au vide anonyme de l'être.
Le Père O'Reilly rappelait le chant X de l'Enfer, lorsque Dante

et Virgile rencontrent l'hérétique Farinata degli Uberti parmi les autres âmes damnées immergées dans des tombeaux en feu. La première question qu'adresse Farinata à Dante est «Chi fuor li maggior tui?» (*Quels furent tes ancêtres?*) À la question sur les origines de l'individu, Dante répond en énonçant d'abord sa propre filiation, évoquant les luttes de familles rassemblées dans les partis rivaux des Guelfes et des Gibelins qui ont ensanglanté l'histoire de Florence au Moyen Age. Par rapport à la logique violente de l'histoire, commandée par la fidélité aux origines familiales, Dante fait appel à un autre engagement, celui de la littérature, de l'écriture comme origine de l'origine, le livre comme voyage du sens et de sa quête en tant que véritable généalogie créatrice de l'homme moderne.

Le Père O'Reilly savait marier la pudeur silencieuse de l'âme à la plus grande et fine érudition sans affectation et il avait eu le prodigieux pouvoir de réconcilier Sergio, par de longues conversations amicales, avec la religion de l'enfance, un christianisme de choix maintenant, plus qu'une habitude culturelle. Au bout de quelques années de vie en commun de Hanna et de Sergio, le désir charnel s'était assoupi, remplacé par les liens de l'habitude et l'amour n'avait pas su transformer la lourdeur et l'usure du quotidien en temps complice. Il était si facile de consentir au désir érotique, mais celui-ci était aussi si rapide à disparaître, les laissant ensemble, mais plus véritablement unis. La tendresse, legs passablement triste du déclin et de la vieillesse, commençait à s'installer. Sergio n'était pas du genre affectueux et ses racines montagnardes enfouies montraient sur le tard leur visage secret. Les caresses ne parlaient plus le langage profond de la peau, elles étaient devenues des gestes fatigués par l'habitude, l'indifférence guettait désormais la fin de l'amour. Il subissait le bonheur des îles, étrange sentiment de lassitude sans cause apparente, sorte de rémission passive sans plénitude, comme celle des fleurs épanouies ou des animaux assoupis dans le soleil matinal. Hanna passait de plus en plus de temps chez ses amies à Papeete, à Moorea, captive elle aussi de la *saudade* polynésienne, du vide dans lequel s'abîmait inexorablement le temps, *fiu* des pétunias et des dahlias, *fiu* du silence inquiétant des tableaux de la grande maison qui lui donnait l'impression de quelque chose d'hostile, qu'elle n'aimait pas parce qu'elle ne les comprenait pas. Elle était ébahie par le prix de ces surfaces couvertes de couleurs que Sergio lui avait révélées en désespoir de cause, elle trouvait que les *popa'ā* étaient décidément bizarres. Un jour elle prépara ses bagages et sans dire un mot elle prit le bateau pour retourner dans sa vallée de Hatiheu, à Nuku Hiva.

Il commençait à souffrir de vertiges soudains qui l'obligeaient à s'asseoir et reprendre lentement son souffle. La plupart des amis italiens étaient partis ou morts, disparus son père et ses frères, mort le Père O'Reilly. Il avait rencontré le jeune et dynamique curé de l'église de Taravao qui portait des chemisettes Arrow et des jeans impeccablement élimés qui remplaçaient la soutane d'antan. Il estimait que la publicité des jeans «Jesus» «tu n'auras pas d'autres jeans que moi» n'était pas mauvaise. Il avait la parlotte incessante, le goût du spectacle et la rhétorique alerte et parfaitement incompréhensible qui évitait les questions théologiques et le souci pastoral, fidèle en cela aux canons de la culture postcoloniale. Sergio avait essayé de reprendre avec lui les discussions sur Saint Augustin, mais le jeune curé trouvait le philosophe chrétien ringard et pour tout dire démodé. Quant à Dante, il n'avait jamais ressenti le besoin de le lire. Il préférait les bandes dessinées et affirmait qu'il fallait désormais mettre l'Église en conformité avec l'actualité, se soucier avant tout de la réalité culturelle du monde polynésien et rivaliser avec l'Église protestante dans la défense des valeurs de la tradition locale.

Dans le grand salon ovale, il avait installé un piano à queue pour la jeune amie Hiriata qui venait souvent lui rendre visite. Ils s'étaient connus à une exposition de peinture à la Maison de la culture et ils avaient immédiatement sympathisé. Elle venait régulièrement dans la propriété de Sergio et une amitié dépourvue des ambiguïtés du désir les unissait. Le grand âge commençait à apporter à Sergio son cortège de maux et ses contraintes et parmi les plus difficiles à vivre la solitude non choisie. Même Hiriata venait de moins en moins souvent lui rendre visite, occupée par les projets de départ en métropole et le piano restait muet, laissant retentir dans la maison les coups du butoir au loin du récif. Le médecin lui ordonna des examens approfondis et lui conseilla des calmants pour le sommeil qui se faisait rare. La jeune pharmacienne blonde du centre commercial l'accueillit avec un sourire enjoué, « que puis-je pour toi ? » Sergio resta interloqué et se retourna pour voir si elle s'adressait à quelqu'un d'autre. Sa blanche chevelure, les marques du temps sur son visage, auraient dû le préserver de cette familiarité marchande, mélange de publicité télévisuelle et de charme intéressé. Il essaya vainement de lui suggérer le vouvoiement. Elle était arrivée sur le Territoire depuis trois mois et elle avait déjà trouvé le temps pour arborer un seyant tatouage tout autour du poignet, apprendre que « le tutoiement est le signe culturel de l'accueil généreux de ce peuple ». Sergio voulut lui faire comprendre qu'il fallait modérer cette fièvre de caméléon, que le monde polynésien ne se réduisait pas à des formules qui ânonnaient en longueur de journée « notre *fenua* », à des signes dépourvus de l'épreuve de la vie. Ils ne se comprenaient pas, il sortit bouleversé, oubliant ses somnifères.

Ce n'était pas le tutoiement franc et sincère de l'amitié, assorti comme toujours en Italie d'un sentiment d'élection, ni le tutoiement confraternel prolétarien des Comités de lutte des années 70, auquel Sergio s'était confronté régulièrement, chargé d'idéologie protestataire où pointait encore, mais de plus en plus labile, l'ancien respect du monde du travail, ni également la formulation polynésienne si familière de ses employés de maison ou le tutoiement de l'amour celui que Hanna avait utilisé dès leurs premières rencontres. Les hiérarchies sociales et complexes du monde océanien, la soumission des êtres aux *metua*, au *pater familias*, au «padre-padrone», répondaient à d'autres codes, à d'autres figures du pouvoir et du corps politique, à d'autres lois encore plus strictes et contraignantes que le vouvoiement. Quelque chose de nouveau se laissait écouter dans le tutoiement de la jeune fille, comme l'affirmation évidente d'un dialecte universel, d'une appartenance générale des êtres à une seule classe d'âge, à une infantilisation perpétuelle, au rêve d'une société d'un pur présent sans histoire, d'une communauté affective se construisant et se défaisant au rythme de l'actualité des séries télévisuelles. Tahiti représentait pour cette jeune fille l'idole de la fusion communautaire et émotionnelle, sans plus de patronymes différenciateurs, devant laquelle toute question, toute argumentation ne pouvaient que baisser les bras et adorer. Ce qui avait conduit Sergio à quitter l'Italie, la montée d'une classe dirigeante avide et sans scrupules sur les moyens de s'enrichir et d'accéder au pouvoir, sans illusions sur le futur de la nation, le constat que l'appétit de quelques-uns avait détraqué l'estomac de tous et qu'une certaine Italie était devenue toute l'Italie, se retrouvait ici résumé dans le sourire désarmant d'innocence et de bêtise de la jeune fille blonde.

Il entra à l'hôpital Jean-Prince pour y subir des examens médicaux. Le jour de son arrivée, les infirmières préparaient une petite fête, une bringue pour l'anniversaire d'une des leurs. Au milieu de l'après-midi, pendant que Sergio avait trouvé un peu de sommeil, se fit entendre le chœur de «joyeux anniversaire», suivi des derniers tubes tahitiens, de «ma chérie ma chérie je t'aime je t'aime *te tiare*». Il appela l'infirmière et demanda s'il pouvait changer de chambre, s'éloigner un peu des festivités. Celle-ci s'étonna de la demande du patient, elle expliqua qu'elles voulaient faire partager leur joie et que d'ailleurs une tranche de gâteau au chocolat allait lui être offerte, et puis que personne ne s'était jamais plaint. Les anniversaires se succédaient en effet dans le monde polynésien, les occasions festives étaient nombreuses, depuis l'anniversaire du tonton gâteux, mais «si gentil» à l'achat du dernier modèle de la machine à laver électronique, à la mort d'un parent proche. La nuit arriva, enfin la musique et les chants se turent, il pensait que l'enfer devait avoir cet aspect, une salle triste et morne aux murs blancs, aux meubles laqués de blanc, un lit de fer peint en blanc, des draps javellisés blancs, les odeurs de désinfectant et la répétition sans fin de la complainte du «joyeux anniversaire», avec le sourire qui invitait au partage obligé du bonheur et la difficulté de s'y dérober sans courir le risque d'être traité d'original, terme foncièrement négatif ici, et d'être mis en marge de la communauté. Il retrouva son sommeil, sachant qu'il fallait achever les rêves, même les plus douloureux. Au milieu de la nuit les cris des coqs se firent entendre, il s'approcha de la fenêtre et de suite il fut envahi par la présence amicale qui s'était fait oublier, par le parfum volumineux qui l'enveloppait, moins intense que lors de la nuit à Pamatai, plus reposé et plus familier dans son étrangeté. Un espace plus grand s'ouvrit dans la merveilleuse paix de cette nuit endormie, où prirent place dans leur parfaite singularité les senteurs suaves des narcisses de montagne, les bouffées des moissons d'été de l'enfance, les appels excités des chiens dans la maison paternelle avant le départ à la chasse matinale, le parfum moite qui se dégageait des plis du cou de Renzo bébé, les senteurs musquées du «bouquet d'amour» que Hanna lui avait préparé lors d'une des leurs premières rencontres. Le goût de fruits verts acidulés, la première fois qu'elle lui avait glissé sa langue dans la bouche, faisait retour tel le noyau de la vie non entamée.

Rien n'avait changé dans le bruissement du récif qui parvenait amorti et doux, enrobé de silence. Seul l'appel des coqs, depuis quelque temps, était devenu pour lui criard, monotone et répétitif, en un mot « naturel », ayant éparpillé l'impression originaire. Il avait la certitude au fond de lui que quelque chose venait de s'accomplir, quelque chose d'autre naissait de l'image demeurée en réserve pendant si longtemps. Il pensait que s'il était écrivain ou artiste il aurait pu donner vie à un peu de beauté ou de douleur sincère qu'il recevait à profusion, transformer les impressions en événements et les événements en destin. Le nœud intérieur, ce mal habituel que nul acte ne semblait pouvoir soulager s'était dissout, un battement se laissait entendre dans le grumeau du cœur. Des larmes coulaient lentement sur son visage, comme un trop-plein qui demandait une issue. Parmi le nombre limité d'événements qui forment une vie, la nuit de Pamatai avait joué pour Sergio un rôle fondamental. Le voile qu'il avait déposé lui-même sur les choses s'était entrouvert, laissant place à un sentiment de lucidité dans tant de chimères. Etait-ce là le signe de la sublime indifférence du monde, de son visage terrible et capricieux dénué de toute valeur de mal ou de bien, de justice et de compassion ou bien du fait que le monde ne se donne que rarement dans des moments uniques d'intensité ?

Etait-ce la preuve que rien n'a vraiment lieu si l'apparence ne cesse de faire retour, si le coq étrenne perpétuellement son chant, si le refrain « joyeux anniversaire » ne salue désormais que lui-même devenu un rituel vide qui n'a ni passé ni futur, ou bien le chant du coq annonce que la mort n'a d'emprise que sur le règne de l'apparence? Il n'avait pas de réponse assurée, mais il comprit que ce qui a un prix absolu pour nous seuls ne vaut rien, que le savoir ne sert à rien à celui qui le possède lorsque l'amour fait défaut. Il ne pouvait plus faire partager la richesse dont le sens ambigu, trop tard, s'était manifesté cette nuit-là, maintenant ni Laura ni Hanna n'étaient plus là, le lit était vide, la respiration calme ne soulevait plus la poitrine de la femme et depuis longtemps il n'avait plus serré Renzo dans ses bras. La nuit était si belle et si douloureuse; au moment où la vie commence lentement à l'abandonner, il comprend ce qui l'a fait vivre, la grandeur du don que la vie nous a fait, sans savoir vraiment si comprendre c'est encore vivre. Il avait saisi le sens de la vie, maintenant la mort était devenue improbable. Il regarde longtemps ce ciel percé d'étoiles qui promet un rendez-vous moins éphémère, il écoute dans la nuit l'émergence d'une lumière nouvelle, le sentiment de l'aurore qui émerveille et il prépare lentement sa valise; le matin venu il appelle son chauffeur pour rentrer à la maison. Désormais il n'attend plus aucun résultat, il tient là la véritable image de la Polynésie, l'intensité sensible du monde s'accompagnant d'un oubli permanent de ses sources, une présence si réelle des choses qui risque à tout moment de se transformer en piège gluant d'un sublime sirupeux. Il se fait une joie à l'idée de pouvoir à nouveau se servir de son vélo et au moment de partir il salue chaleureusement l'infirmière, étonnée du comportement de cet étrange *popa'ā*.

L'enterrement de Sergio Bonelli eut lieu par une matinée pluvieuse du mois d'août dans le caveau familial de Rivalta. Les orages qui annonçaient la fin de l'été avaient apporté la fraîcheur, bientôt les premières neiges blanchiraient les cimes des montagnes, si lointaines, si proches et le trait matinal de laque de garance soulignerait leur forme. Peu de monde suivait l'enterrement, quelques ouvriers à la retraite depuis des nombreuses années, dont certains faisaient partie du noyau dur du comité de lutte et Renzo, venu de New York avec Grace sa femme américaine et son fils William Angelo. À Tautira la mort du « pauvre *popa'ā* » n'avait pas soulevé d'émotions particulières, sauf le regret de ne plus pouvoir compter sur l'hélicoptère que Sergio mettait souvent à disposition du village en cas d'accident ou d'évacuation sanitaire urgente. Au bout d'un an, le domaine avait été investi. De lors, plus rien ne subsistait des cours d'eau et des nénuphars, des passerelles et des pétunias, tout était recouvert par les sensitives aux piquants acérés et les herbes folles. Les albizias étalaient leurs folioles envahissantes, les anthuriums avaient pris possession du carré des dahlias avec les feuilles au vernis luisant et les fleurs telles des langues rouge sang, les mussaenda déversaient leurs têtes roses de nouveau-né et les hibiscus multicolores exhibaient les étamines voluptueuses chargées de pollen. Partout le miconia montrait ses feuilles lucides et glabres avec les envers pourpres, ses baies noirâtres que les oiseaux goulus dispersaient et que la vie généreuse multipliait sans retenue. Le jardin japonais s'était transformé en marécage, en terrain labouré par les cochons sauvages et les chèvres, avec la carcasse rouillée d'un hélicoptère qui reposait au milieu de la végétation tropicale, les *poue* effaçant rapidement toute œuvre de l'homme, sous le soleil corrosif. De la grande maison ne restait que les murs noircis, recouverts de vigne sauvage, et tout ce qui aurait pu servir avait été emporté, le plancher descellé, les pièces éventrées. Au milieu des ruines gisaient quelques pages des livres brûlées, le clavier arraché du piano, des feuilles de papier à lettres recroquevillées, avec une même phrase indéfiniment gravée comme une cicatrice ouverte, « mon cher fils ».

# Les porteurs de *feï*

Guy s'était réveillé avec une forte migraine, résultat de la bringue du week-end chez les copains d'Arue. Le mélange de bière et d'alcools variés ne lui réussissait pas, pas plus que la bagarre qui s'en était suivie, « on s'est bien amusés ». Il se disait qu'il fallait arrêter d'avaler n'importe quoi pour faire comme eux, mais « eux ils sont tous et moi je suis seul ». La sonnerie du téléphone retentit, c'était Teva, le technicien de la radio dans laquelle Guy travaillait. Il lui avait appris à pêcher le *mahi mahi*, la dorade coryphène qu'il poursuivait avec le harpon à bord de son embarcation qu'il conduisait debout et lui donnait l'air d'un cavalier lancé sur le désert de la mer à la poursuite d'adversaires invisibles pour les yeux des occidentaux, des *popa'ā*. Originaire de Tehaupoo dans la presqu'île qu'il prononçait Tchopo, mettant en colère les philologues de l'Académie tahitienne, il possédait cette force de la présence qui allait de pair avec un puissant oubli des engagements pris la veille.

On l'attendait pour un enregistrement à huit heures, il arrivait à midi prétextant que sa nouvelle amie avait exigé des attentions matinales accrues. Lorsque Guy lui faisait remarquer qu'il ne fallait pas confondre le travail et la bagatelle, il baissait les yeux comme un enfant pris en faute, « tu as raison » et il recommençait aussitôt. Il arriva avec le *maa tinito*, le plat chinois avec des haricots rouges, beaucoup des macaronis et des morceaux de poitrine de porc sautés, les *firi firi* sucrés et son radieux sourire qu'il conservait toute la journée. « Veux-tu du café bien fort Teva ? », « Je préfère une bière, si tu en as encore ». Il ouvrit le frigo, pendant que Teva déballait les victuailles, avec poisson cru et veau à la broche en prime. Une soudaine nausée montait des tréfonds et Guy se précipita dans la salle de bain « Commence, j'arrive ». Il resta un bon moment à vomir, à regarder son visage décomposé dans le miroir, « Je vieillis, mal ». Lorsqu'il sortit, Teva avait bien entamé le petit déjeuner et son visage avait pris des formes lunaires épanouies. Il but une grande tasse de café, impossible d'avaler autre chose. « Vas-y toi, on se verra au studio ». Tout cela ressemblait à de l'amitié. Il avait envie de rester seul encore un peu, d'essayer de remettre un peu d'ordre dans sa tête qui continuait à lui faire mal. Il alluma la radio et la beuglante « je te ferai l'amour toute l'annuit », l'un des derniers tubes de l'année, emplit la pièce. Guy avait la cinquantaine bien sonnée et la jeune copine actuelle moqueuse et provocatrice lui rappelait sans cesse le refrain de la chanson. Il maudissait le chanteur, le pousse-à-jouir du monde tahitien ça commençait à le gonfler, il ne tenait plus le coup, il se sentait fatigué et il changea de programme.

On l'annonçait depuis deux jours, tout était prêt pour le recevoir. Le Gouvernement du Territoire avait mis sur pied une Structure d'Intervention pour les Sinistres Majeurs, le Haut-Commissariat émit des avis d'alerte, les radios et les télévisions étaient à pied d'œuvre pour couvrir (comme on dit) l'événement. La vague de tsunami était provoquée par un violent séisme au large du Chili et les autorités faisaient état d'un risque important de vagues déferlantes sur les côtes est des îles hautes, demandant à la population de s'éloigner des vallées et des baies. Et pourtant les isothères et les isobares étaient parfaitement à la normale, comme les rapports de la température de l'océan et de l'air. L'igromètrie ne variait pas de ses 90 %, ce qui donnait encore un taux d'humidité élevé, mais normal pour la saison. Pour être bref, c'était une belle journée de l'été tropical polynésien que rien ne prédisposait à de brusques changements. Il quitta son appartement de la résidence sur les hauteurs de Papeete à bord de sa vieille deux-chevaux camionnette, «ça fait artiste», pour se rendre au travail.

Guy était arrivé en Polynésie depuis une dizaine d'années avec un solide bagage littéraire et surtout une bonne connaissance des poètes anglais : John Donne, John Milton, T.S. Eliot. Professeur d'anglais au lycée Diderot de Lyon, il avait demandé sa mise à disposition, pour changer des brumes du Rhône et suivre les sillages du capitaine Cook, là-bas, là-bas. Sa femme et ses enfants avaient été embarqués dans l'aventure polynésienne, mi-curieux mi-inquiets. Depuis son arrivée, il avait mis en sourdine son amour des poètes et il était entré comme rédacteur en chef dans la revue de l'Eglise protestante locale, où il pouvait associer ses croyances religieuses et ses opinions politiques, héritage du passé d'étudiant au Quartier Latin. Assez rapidement, il avait commencé à apprécier le pouvoir des médias à Tahiti, la possibilité de côtoyer les personnalités locales, de les tutoyer sur un apparent pied d'égalité, de les mettre en embarras avec des questions bien tournées. Cette façon de papillonner dans tous les secteurs de la vie civile, passant sans encombre du domaine culturel au domaine politique, du social à la création littéraire, le conduisait à un exercice permanent d'équilibrisme, à un daltonisme de la pensée, à cette zone grise où se mélangent l'intérêt personnel et l'engagement intellectuel, la religion et la philosophie, où ni Luther ni Kant ne retrouvent leurs sources. Il avait bien appris à loucher, comme la servante de Descartes, petit coup d'œil à gauche à l'un, à droite à l'autre, tout en gardant un sourire angélique digne du chat d'*Alice au pays des merveilles*, l'habitude de signifier «tu vois ce que je veux dire» et d'esquiver en permanence le sens de ce qui est dit. En Polynésie, la plupart des manifestations publiques sont précédées d'une prière collective et Guy officiait maintenant dans les meetings politiques en appelant au début de la manifestation au bénédicité communautaire, réalisant par-là la prouesse de rassembler les trois souches, le religieux, le politique, le culturel dans une même unité. D'où la jalousie des Vieux-Chrétiens qui se voyaient battus en brèche par ce nouveau fidèle, étant restés eux, dans le meilleur des cas, à la « théologie de la libération », au port obligé des chapeaux en pandanus des Australes et des chemisettes à fleurs. Sa foi s'apparentait plutôt à un opportunisme dont il n'avait pas lui-même conscience, son orgueil l'empêchait désormais de croire, mais il ne pouvait se passer de la transcendance qui prenait chez lui l'aspect sinistre du vide.

Un projet lui tenait à cœur, celui d'écrire un livre dont il avait déjà le titre *De l'inutilité de la littérature pour comprendre la vie*. Pour le moment il s'était institué comme sévère témoin de la vraie vie, porte-parole de la véritable culture autochtone, se disant que la nature humaine valait mieux que la littérature. Il avait été congédié malgré tout de son poste à la radio depuis qu'ils avaient adopté en 2004 l'appellation d'*Eglise protestante maohi*, aboutissement d'un profond renouvellement qui dans les années 70 revendiquait un lien étroit entre revendications identitaires et foi chrétienne. Une nouvelle théologie avait pris naissance, le Dieu chrétien ne s'appelant plus Jéhovah, mais Ta'aroa, le nom propre de l'ancien dieu créateur de la mythologie tahitienne qui avait fait éclater sa coquille et créé le monde avec ses débris. Le Christ fédérateur des nations qui se reconnaissaient en lui, s'incarnait à présent dans des langues et des cultures spécifiques. Le Christ *mā'ohi* venait donc côtoyer idéalement le Christ Hutu, le Christ Ossète du Nord, dispersant le message universel du christianisme en des pratiques culturelles singulières, dans une religion homéopathique qui prétendait soigner le mal par le mal. Ils n'avaient plus besoin donc de porte-parole *popa'ā*, le populisme ethnique garantissait leur foi religieuse.

Il s'était séparé de sa femme et de ses enfants, il vivait seul multipliant les rencontres sans lendemain. Il était entré à la radio locale et acquis vite du galon. Sur son visage persistait le mélange de joie et de mélancolie, héritage de son poète préféré Milton. Avec le temps, il avait réussi à faire partie du réseau des « porteurs de *feï* ». Pour ce faire, une condition était suffisante, mais nécessaire : il fallait publiquement accuser l'Etat français et la « culture coloniale » de toutes les turpitudes de la société polynésienne d'aujourd'hui, depuis l'instabilité politique devenue chronique, la crise du tourisme qui montrait que l'image de « Tahiti-paradis » avait pris un sacré coup de vieux, jusqu'à la violence qui refaisait surface dans la vie quotidienne des insulaires. Le terme de « porteurs de *feï* », de ces bananes sauvages taillées comme des quartz rouges qu'autrefois les Tahitiens descendaient des hauts plateaux, désigne un certain type de discours propre à beaucoup d'intellectuels occidentaux dans leur rapport à la civilisation polynésienne à partir des années 70, mais ses racines sont beaucoup plus lointaines, elles remontent au moins jusqu'à Bougainville et Diderot. Des enseignants, des journalistes, des hommes de la communication, des marchands de biens artistiques et le clergé culturel, ont transporté dans leurs bagages les poncifs sur la « Polynésie-paradis-d'avant-l'arrivée-des-*popa'ā* ». Ils ont joué souvent, dans les années récentes, un rôle semblable aux « porteurs de valises » lors des événements d'Algérie, mais sûrement beaucoup moins dangereux et plus lucratif que celui des intellectuels européens pro-FLN des années 50. Il s'agissait là de s'opposer à la faim du peuple algérien, à l'exploitation coloniale, à l'injustice de l'Etat français, au prix du désespoir et de l'aveuglement qui font aussi partie de l'histoire concrète des hommes, il s'agit ici de lisser dans le sens du poil toute initiative tendant à opposer la culture locale  à la culture occidentale «qui a causé tant de malheurs», depuis les documents télévisuels des années 50 sur les courses de vélo à Moorea, aux différentes façons d'enlever la bourre de la noix de coco, exercice obligé pour les nouveaux arrivants qui était un véritable calvaire pour Guy. Et ils clignent des yeux.

Les critiques internes à l'Occident, le tiers-mondisme des années 60, l'écologie intégriste des années 80 et la critique de l'«impérialisme occidental» devenue le support des théories culturalistes postcoloniales, ont fabriqué le prêt-à-penser qui permet de montrer l'Occident comme le responsable des malheurs de Tahiti. La tendance à raconter des «histoires simples» est entretenue, depuis une quarantaine d'années, par des mauvais maîtres qui se sont succédé sur le Territoire, qui opèrent des raccourcis effrayants : «la Polynésie est comme l'Algérie, sa situation correspond à celle de l'Afrique et de tous les pays colonisés», «il y a un génocide du peuple *mā'ohi* comme il y a un génocide des tortues». Le fonds de commerce des opérateurs culturels, certains installés depuis longtemps, d'autres traversant le monde polynésien comme un prolongement de Batignolles, c'est l'éloge de la «culture autochtone», idéologie dominante en Occident et aux Etats-Unis depuis les années 60, qui remplace la «lutte des classes» par la version postmoderne de la «lutte des cultures», réunissant les deux notions dans l'affirmation et la défense des «nations opprimées». L'assimilation républicaine n'est pas souhaitée ou elle est considérée comme impossible puisque l'histoire récente porte les stigmates des expérimentations nucléaires qui ont «meurtri le corps de la Terre-mère», comme les chaînes de l'esclavage ont blessé le peuple noir. Cette identification esclavage/expérimentation nucléaire est le cheval de bataille de tous les intellectuels qui revendiquent leurs racines identitaires.

La « négritude » de Césaire et de Senghor a trouvé dans le néologisme « *mā'ohi* » son équivalent idéologique, son mot de Sésame pour mettre la France en situation de coupable devant l'histoire et d'éternelle débitrice. Le terme récent de « génocide culturel » entretient un état de péché historique permanent vis-à-vis de l'Occident, avec une absolue tolérance des « valeurs locales » : la violence des pères et des proches parents sur les enfants, les abus sexuels justifiés par le fait que « l'enfant appartient à celui qui lui a donné la vie », le déni de la parole donnée, puisque la parole n'est qu'un outil dans la stratégie de la prise de pouvoir, les mots des coquilles vides à contenu variable. « Il faut solliciter la culture des élèves », est devenu le nouveau crédo des pédagogues qui ont importé dans la culture insulaire la « culture banlieue » avec tous ses avatars psychopédagogiques, tout en reconnaissant que lorsqu'on interroge les élèves sur la culture polynésienne on ne rencontre que des banalités, ce qui fait dire aux mêmes personnes « Ils sont gentils, mais qu'est-ce qu'ils sont incultes ! Ils ne connaissent rien à Maui, à Hiro, au dieu Oro !! Ils n'ont pas beaucoup de choses à dire, mais qu'est-ce qu'ils sont sincères ! » Et ils clignent des yeux.

Pas de *Cahier du retour au pays natal* en Polynésie ou *Les Damnés de la terre* de Frantz Fanon, pas d'arrière-pays comme l'Afrique aux yeux des intellectuels antillais, pas de texte fondateur de la « maohitude », sinon les quelques articles de Duro Rapooto, parus dans la revue de l'Eglise évangélique de Polynésie française, calque de la théorie de la « négritude ». Les mauvais maîtres expatriés ont produit, depuis une trentaine d'années, la docte et profonde ignorance des demi-savants, caractérisée par l'amour pathétique, par l'impossibilité d'aimer sans que cela devienne affectation. Il faut rapidement, pour tout intellectuel ou artiste qui prétend s'intégrer à la vie sociale à Tahiti, prêter allégeance au crédo des « porteurs de *feï* », sous peine d'être mis au ban des cercles de la société. Les plus audacieux parlent même de « désastre génétique » dû au mélange des populations depuis la découverte. Guy de son côté roulait et vocalisait ses « r » avec un vibrato à faire frémir d'envie un Majorquin ou un Ecossais pure souche, c'était sa façon de signifier son intégration et si on lui avait parlé à ces moments de Milton ou d'Eliot, il les aurait surement méconnus, voire méprisés. Il se plaisait à contribuer à la gloire des auteurs de la jeune littérature tahitienne émergente, même s'il les aimait modérément et qu'il aurait fallu la sagesse pour partager le bon grain de l'ivraie. Il trouvait que l'idée d'un des éditeurs locaux de créer un prix Nobel polynésien de littérature était un peu prématurée. Lui aussi, comme d'autres spécialistes de la littérature autochtone, ne cessait de cligner des yeux, applaudissant toute production locale lorsqu'elle « dénonçait de toutes ses tripes les injustices coloniales ». Il contribuait à la naissance du mythe de l'autofécondation culturelle, de la nécessité de se développer à partir de soi-même, qui débouchait sur le rejet des livres venus d'ailleurs, au profit de la production locale et de la « culture orale » à laquelle on faisait dire tout et n'importe quoi. Il voyait bien l'œuvre mensongère du Malin, mais enfin il fallait bien vivre. Si l'on veut utiliser un néologisme, il faisait partie de la culture « ressentimentale » diffuse, nourrissant le ressentiment et jouant uniquement sur le registre sensible.

Il avait interviewé récemment une anthropologue qui déclarait qu'avant l'arrivée des Européens à Tahiti « les Tahitiens étaient heureux avec du poisson cru, du taro et un bol de riz (*sic*) chaque jour ! ». Le terme d'anthropologue était devenu le label générique de l'intellectuel revendiquant le rôle de conscience critique au service de la cause ethnique du « peuple *mā'ohi* ». Plus de géographes, plus d'économistes, plus des sociologues ou des professeurs, surtout pas des philosophes, en avant pour l'anthropologie. Il se rappelait qu'en 1934 Alfred Métraux avait fait son séjour de six mois sur l'île de Pâques, mû par la volonté de comprendre ce qui séparait l'ancien monde polynésien du monde contemporain, par la nécessité de prendre en compte l'écart temporel entre l'observateur et le monde ancien. Il écrivait dans son livre *L'île de Pâques* : « J'étais attiré par ces quelques centaines de Polynésiens qui avaient survécu à tant de désastres et qui continuaient à parler leur ancienne langue et à se transmettre les légendes et les contes de leurs lointains ancêtres. Je n'ignorais pas leur état de décadence, leur oubli de la religion et des usages passés, mais j'espérais, malgré tout, que dans les rares techniques qui auraient pu subsister et dans les traditions connues encore de quelques vieillards, je pourrais entendre encore un faible murmure venu des temps anciens ». Le « faible murmure » que Métraux écoutait dans la tradition implique que l'anthropologie doit prendre en compte à tout moment de son travail la différence du temps entre celui qui écoute et celui qui parle, entre l'interprétation actuelle des faits advenus et leur vécu.

Cette différence entre les faits vécus et leur lecture, entre la tradition et son appropriation ultérieure, fait que l'anthropologie ne peut être qu'une discipline de l'interprétation et non une « science objective ». Elle était devenue, depuis une quarantaine d'années en Océanie aussi, la bruyante affirmation de l'invention des origines, depuis la revendication de la cérémonie propre aux îles Samoa du *kava,* au lever des Pléiades, le *Matarii i ni'a,* trouvaille récente pour inaugurer la saison de l'abondance. La philologie historique, la fidélité à la vérité de l'histoire, était tout à fait secondaire par rapport à l'imposition hautaine de discours définitifs et approximatifs sur les « responsabilités de la culture occidentale dans la disparition des anciennes traditions ». Ne pouvant affirmer le génocide des populations océaniennes, on utilisait l'invention récente de l'ethnologie postcoloniale, la notion d'*ethnocide culturel,* passant sous silence le rôle joué par le premier livre en tahitien, la Bible, dans la constitution d'une langue nationale, méprisant le rôle des hommes religieux, des écrivains et des médecins occidentaux dans leur lutte contre les trafiquants blancs tout le long du XIXe siècle.

Dans l'impossibilité de définir le «génocide culturel», puisque la notion véritable de culture est antithétique à la notion de race, d'identité ethnique, les nouveaux intellectuels postcoloniaux avaient trouvé le paradigme absolu de l'abomination dans «la bombe atomique française». La bombe atomique joue ici le même rôle de «symbole terrifiant» qu'en Afrique l'esclavage, mais si ce dernier s'est inscrit tragiquement dans la chair, à travers les déportations forcées de populations et la disparition des langues et des traditions nationales, la «bombe» devient une idole immatérielle aux contenus aléatoires, «mon cancer des poumons n'est pas dû aux Marlboro ou au pakalolo, mais au fait nucléaire français, c'est le pasteur qui me l'a dit et d'ailleurs le tabac et la marijuana sont des produits naturels», devant laquelle toute argumentation et discussion semble inutile. Les expérimentations nucléaires, les mensonges sur les «effets négligeables de la bombe sur la santé», le silence coupable sur la dynamique des événements, le refus de publier les statistiques sur les cas de leucémie, la bévue tragique de 1996, ont contribué à créer un nœud d'incompréhension entre la France et la Polynésie qui ne pourra que perdurer, entretenir l'idée fausse d'une responsabilité collective et perpétuelle, devenir l'enjeu central de toute l'histoire future de la Polynésie. Jusqu'à la fin des années 90, on pouvait trouver rarement dans les journaux de Tahiti des voix critiques sur les expérimentations nucléaires, mais l'unanimité de la presse acquiesçait sur ses bienfaits. À partir des années récentes s'est opérée une bascule en liaison avec la sensibilité accrue sur les questions de l'environnement, le développement du sens de la culpabilité coloniale française.

Comme dans d'autres domaines de la vie sociale, ce que l'on encensait hier est devenu l'objet de l'opprobre général de la part des intellectuels ultracistes locaux, parvenus culturels qui, depuis les années 70, sont devenus des fonctionnaires locaux grassement payés, n'ayant plus besoin, comme les générations précédentes de se former en métropole ou aux États-Unis. Des instituteurs, des fonctionnaires, à la fois produits par le système économique artificiel de la « bombe » et nourrissant un ressentiment aigu contre la France, ont développé un mépris mélangé d'extrémisme théorique et de pratiques réactionnaires, d'individualisme forcené et de communautarisme intéressé.

# Les poissons rouges aussi
# ont leurs secrets

Il arrive dans son bureau à la radio pour remettre un peu d'ordre dans les interviews récentes. Il se rappelle l'agréable rencontre avec un universitaire local, spécialiste de la civilisation polynésienne. Guy appréciait le dialogue avec les universitaires, il avait une petite revanche à prendre sur eux, héritage des années d'étudiant gauchiste, mais il avait vite compris que l'exercice du fleuret, de la dispute intellectuelle sur un plan d'égalité, est intéressant lorsqu'on a des adversaires vaillants devant soi. Lors d'une émission sur l'école qu'il avait animée, à la question de Guy «Quelle est, selon vous, la différence entre la culture occidentale et la culture polynésienne par rapport au passé et à sa transmission? Peut-on parler de « crise de la civilisation » dans les deux cas?» Le spécialiste de la civilisation polynésienne avait fait remarquer qu'il n'y a de crise de civilisation que sur fond de «crise de l'éducation» comme l'avait écrit Péguy, crise de l'héritage transmis par la vie quotidienne pour l'ancienne société polynésienne, crise de l'école pour les sociétés modernes. Les cultures occidentales ont subi l'épreuve de l'ébranlement du sens sortant de l'âge mythique, ont inventé l'histoire comme le lieu de cette épreuve, trouvant leur force dans la confiance en quelque chose qui vaut la peine d'être transmis. Les sociétés anciennes avaient leurs assises dans la vie réglée et dirigée comme si la société était un mécanisme organique, donnée d'une façon naturelle, aussi précise que la structure de l'ADN. La vie se déroulait dans le cercle rassurant de l'existence mythique, depuis toujours donnée, condamnée *ad aeternum* à raconter l'«épopée du Bounty», devenue une pièce historique nationale, la «naissance du *uru*», «l'anguille du lac Vaihiria». L'universitaire avait fait remarquer que dans la langue polynésienne, le terme d'*amuira'a* désigne l'ensemble des fidèles d'un district qui forment une assemblée et qui est le concept de lien communautaire par excellence, le socle de la société polynésienne d'après la colonisation. Il y a un autre terme proche du point de vue sémantique, *pupu* qui nomme tout groupement humain, association sportive ou autre.

Ce deuxième terme n'a pas la sacralité du premier qui donne à écouter l'ancien lien de la parole et du sacré que les missionnaires n'ont pas eu de mal à traduire dans le contexte de la christianisation. De son côté, la culture occidentale se trouvait, depuis une cinquantaine d'années, dans une profonde crise du rapport à l'histoire. Il affirmait que l'école républicaine n'arrivait plus à traduire dans le langage désacralisé le sentiment du *amuira'a*, d'un lien fort de la communauté du savoir et de sa transmission, confondant l'agrégat d'individus avec l'invention démocratique du lien social. D'où l'idée qui se fait jour de plus en plus d'une école où il n'y aurait pas besoin de maîtres, pas besoin de diplômes, juste du «bon sens pédagogique». L'œnologue peut donc s'instaurer spécialiste de Matisse, le cartographe devenir le directeur des Ressources humaines. La mobilité du corps social que Tocqueville voyait à l'époque comme signe positif et radicalement nouveau de l'invention démocratique de la société américaine, a pris l'aspect, en Polynésie aussi, du rejet des compétences au profit du clientélisme, développant le soupçon sur tout ce qui ne relève pas de l'information la plus banale. L'esprit critique n'est pas bon, il faut favoriser l'esprit guerrier du *aito* d'antan, ce qui dans le meilleur de cas consiste à mimer

Indiana Jones, dans les pires à exalter la religion du corps et la violence annexe d'un Rambo. Il faut inculquer aux jeunes ce que dit à peu près toute la post-culture : *la vie vaut à peine d'être vécue.* Le primitivisme le plus sauvage et l'hyper-modernité médiatique, le relativisme absolu et l'éloge des «cultures asservies» se retrouvent dans le déni de la vie qui cherche son sens. La construction d'une communauté ouverte, «imparfaite» et des subjectivités responsables sont la visée centrale de toute éducation digne de ce nom. L'école n'est ni le paradis ni le monde, c'est l'institution qui s'interpose entre le domaine protecteur familial et l'insécurité de la société. Sans la différence des deux domaines, il n'y a pas de formation possible, il n'y a pas la possibilité de renouveler le monde commun qui est la tâche de toute éducation digne de ce nom. Les enseignants n'ont pas à mimer les professionnels de la communication, les techniciens de la persuasion, ils doivent opérer la transition du domaine privé à l'espace public, susciter des anticorps au lieu de singer les séries télévisuelles, afin de bâtir une société de valeurs partagées sur lesquelles on peut s'entendre.

«Et l'université, avait repris Guy, ne peut-elle pas infléchir cette tendance, produire ce que vous appelez joliment des anticorps »? Il avait répondu que l'université en Polynésie arrive bien trop tard, elle cumule les erreurs précédentes, souvent elle les exaspère devenant le jardin d'Eden privatif où chacun essaye d'arracher les quelques semis de l'autre, pour s'accaparer la moisson improbable, d'où l'image désolante de la prolifération de la peste végétale présente dans tous les jardins tropicaux, la bien-nommée «sensitive» (*Mimosa pudica*). Ils sont comme les hérissons de la parabole qui, lorsqu'ils ont froid ils essaient de se coller les uns les autres pour se réchauffer, mais leurs piquants les déchirent et les voilà repartis vers le froid. Ce qui les pousse à se rassembler ici c'est l'envie de l'argent tandis que la jalousie et la haine morne et uniforme parfaitement courtoise les blessent et les incitent à se séparer. Et les voilà repartis pour un autre tour. Et pour conclure, il disait que : «Au cœur de l'aquarium fleuri des îles s'abritent de différentes variétés de poissons rouges. Ils se sentent libres puisque les parois de verre sont transparentes et aveuglantes, elles portent les noms rassurants de «la religion du corps», de l'éloge du «plaisir *no limit*», de «la vie authentique en Polynésie», noms-écrans qui masquent à peine les intrigues et les mauvaises rivalités mimétiques.

Leurs secrets sont faits de coquilles vides, usées à force de passer dans toutes les mains, de mensonges que l'on ne cesse de répéter sans trop y croire : «Vous êtes formidables, des grands navigateurs, des grands romanciers, des grands poètes». L'image de «Tahiti paradis», inventée au moment de la découverte et re-prise massivement par le cinéma hollywoodien des années 30, se greffe sur celle plus récente de la «victime du système colonial», image qui sert à cacher des pratiques autoritaires très anciennes, l'enrichissement d'une classe de «demis» (Franco-Polynésiens, Sino-Polynésiens, etc.), descendants des colons à la mauvaise conscience qui, selon les époques, revendiquent tantôt leur moi-tié étrangère, tantôt la moitié indigène, tout en nourrissant un fond égoïste solide. Ils ont érigé en système de gouvernance le clientélisme, jouant sur la mauvaise conscience occidentale pour occulter les rapports féodaux et communautaires persistants dans la société polynésienne, faisant appel au Tahiti ancien qui incarne la pureté de l'environnement et de l'âme humaine, la résistance à la machine, pour garder intacts les rapports de pou-voir. Ils cumulent les défauts des deux cultures : la vanité propre aux intellectuels d'origine métropolitaine et la fascination de la violence comme résolution des problèmes de la convivence ci-vile, héritage des mondes archaïques. «L'éducation aux formes, affirmait l'universitaire, est la seule possibilité pour couper les racines de la haine. Les anciennes erreurs de la culture eurocentrique sont remplacées par la même logique inversée, la culture identitaire ethnocentrique. L'école doit redevenir le dispositif central de l'intégration, de l'accession de l'enfant à l'espace adulte, afin d'apprendre le partage d'un projet politique commun ».

Il était content de cette émission, il retrouvait le goût de la véritable confrontation intellectuelle, de la confiance dans la parole et dans la pensée, vertus qui devenaient si rares dans les îles. Ils passèrent leur soirée au restaurant, prolongeant l'échange sur la société polynésienne et la littérature sous un ciel étoilé qui invitait à la contemplation et au partage. Quelques jours après, il avait été sollicité pour interviewer un navigateur célèbre, venu à Tahiti à l'occasion de l'enterrement du pêcheur-naufragé Tava'e Ra'i'oa'oa. Ce pêcheur de Faa'a avait passé des mois en mer suite à une avarie de moteur de son embarcation, il avait survécu et était arrivé enfin aux îles Cook, confirmant l'endurance atavique de ce peuple à survivre dans les infortunes de mer. En 1964, deux pêcheurs de Bora Bora s'embarquent pour Maupiti, distante une quarantaine de milles. Suite à une panne de moteur, le bateau dériva pendant cinq mois, l'un des deux marins mourut au quatrième mois, tandis que l'autre toucha terre près de Pago Pago aux îles Samoa, après 1.100 milles de dérive.

Pour illustrer l'épopée du naufragé de Faa'a, le service de la communication de la Présidence du Gouvernement avait trouvé un « nègre blanc » pour écrire ses mémoires qui s'étaient très bien vendues ici et en métropole. À sa mort, il avait été baptisé par les hommes politiques et les journalistes « un guerrier, un prince de la mer, un héros typiquement polynésien ». Le Président actuel, indépendantiste de la première heure, manifestait sa ferme intention de financer la construction d'un musée aux îles Cook à la mémoire du pêcheur, avec comme pièce principale le bateau du naufragé et les différentes traductions du livre dans des langues connues et d'autres beaucoup plus rares, comme l'éditeur toujours prévenant et «au service de la population» le lui avait promis. Guy était sûr que le pauvre pêcheur n'en demandait pas tant et que l'affirmation «les morts sont tous des braves types» lui aurait largement suffi. Il avait préféré envoyer, pour couvrir l'événement, une consœur spécialiste en naufrages qui deviennent dans sa bouche des réussites éclatantes.

Il avait interviewé Hiriata qui venait d'obtenir le premier prix de composition d'une pièce théâtrale en langue tahitienne pendant les fêtes de l'Heiva de juillet, que l'ami John Mairai avait brillamment mis en scène. L'activité artistique d'Hiriata avait trouvé un nouvel essor dans la création de pièces musicales et elle avait éprouvé un plaisir nouveau dans l'écriture poétique, où la langue tahitienne retrouvait ses mots anciens et ses tournures parfois oubliés et la langue française lui donnait les moyens de traduire les arcanes complexes de l'âme moderne. La musique et la danse représentaient à ses yeux les tentatives renouvelées de donner forme et beauté aux forces obscures, chtoniennes, qui envahissent l'âme des hommes. Elle écrivait souvent des textes pour l'ami guitariste Michel Poroi, qui avait la faculté de puiser dans les rythmes provenant d'horizons divers et de les mettre en résonance avec la musique tahitienne.

Le théâtre musical polynésien avait hérité des traditions de la danse et des pantomimes du monde traditionnel pré occidental, le sens de l'hommage collectif et de l'allégeance aux dieux autochtones, en y ajoutant des thèmes dramatiques autour du conflit des hommes et des valeurs anciennes, propres de la tragédie grecque et le sens aigu de la culpabilité individuelle, spécifique à la religion biblique. Le christianisme, en Océanie aussi, avait apporté une libération par rapport au déterminisme du passé, aux religions de la Terre, en confiant les hommes à la religion de l'amour et de la liberté en tant que responsabilité singulière, indépendamment des appartenances familiales et tribales. Hiriata avait rencontré l'une des représentantes de la culture tahitienne rénovée et cette rencontre s'était avérée décevante, l'universitaire déclarant comme un mot d'ordre « ici pas de créole, mais la langue parfaite des origines ». Hiriata aimait *La Rue Cases-Nègres* qui lui rappelait son enfance et le vol de l'innocence, son institutrice Félicité qui, comme Monsieur Roc l'instituteur du roman de Zobel, lui avait appris l'amour des livres et leur pouvoir sur les démons de la violence et de la vengeance. Elle appréciait les romans d'Edouard Glissant, de Raphael Confiant, de Patrick Chamoiseau, car elle lisait chez eux ce qui manquait aux écrivains de Tahiti, la prodigieuse soif de vie qui vient de l'expérience de la douleur, la dispute ouverte et franche de la langue française et de la langue en devenir qu'est le créole. Contrairement à la culture antillaise qui sait créer du nouveau à partir de l'ancien, la culture tahitienne ne cesse de répéter un passé reconstitué, souvent inventé, avec comme résultat « l'intolérance sacrée de la racine », comme l'appelle Edouard Glissant. Elle trouvait que les romanciers antillais « contre-écrivaient » en français selon l'expression de Salman Rushdie concernant la domination politique et linguistique de l'anglais dans les Caraïbes, qu'ils inventaient leur propre langue à l'intérieur de la langue du colonisateur.

L'idéal d'une pureté originaire de l'expression renvoyait au songe d'une terre idyllique qui n'avait jamais existé, à une langue édénique qui contrastait avec les observations des premiers voyageurs et les données récentes de la linguistique mettant en évidence, dans les hiérarchies strictes de la société polynésienne d'avant le contact avec l'Occident, l'existence d'un double langage, l'un réservé aux échanges de la vie quotidienne, l'autre réservé aux «hommes forts» qui préservaient ainsi leur statut quasi divin de chefs. La langue originaire était donc déjà, comme dans toutes les sociétés anciennes, travaillée par la différence, par la superposition de langues en conflit entre elles qui niait toute idée d'une pureté et d'une stabilité première, étant le symbole même des enjeux primitifs du pouvoir dans la communauté humaine. Si la littérature et l'art des Antilles avaient su trouver une expression originale, la culture tahitienne n'avait pas encore opéré l'œuvre de délivrance, elle vivait encore sous le principe du ressentiment identitaire, boulet imposé par la culture occidentale impérialiste du XIXe siècle, relu à la lumière de la littérature de «libération nationale» des années 60.

Guy se rappelait de l'entretien avec Jack Darlet, le Ministre de la Communication et de la Propagande. Il était assis derrière son bureau en bois de *tamanu*, les coudes appuyés sur un grand porte-document en cuir. Il avait comme d'habitude l'œil sombre et impérieux à fleur de visage, entouré d'une barbe bien affûtée qui mettait en évidence ses rares sourires. Comme de nombreux intellectuels locaux, il refusait de devenir meilleur puisqu'il pensait tout simplement d'être parfait. Monsieur le Ministre favorisait la torpeur rassurante des Tahitiens, commune à beaucoup d'autres nations, convaincus d'avoir de merveilleuses origines, une histoire exemplaire unique, rejetant avec mépris et haine tout ce qui pourrait les réveiller de ce rêve. Les Tahitiens se pensent comme le peuple par excellence étant au centre du grand corps de la réalité, *te pito no te fenua*, «le nombril de la Terre», une de leurs formules préférées, définition même de l'ethnocentrisme. Les demi-éveillés des classes dirigeantes avaient bien vite compris l'intérêt de «faire payer à la France la dette nucléaire», de s'instituer comme les Grands Distributeurs de l'argent provenant de l'ancienne puissance coloniale, d'où le conflit politique permanent d'agrégats changeants d'individus rassemblés uniquement par le désir d'enrichissement personnel. La bombe venait prendre sur elle toute critique de l'Occident, elle était le drain financier inépuisable qui interdisait du même coup toute remise en cause véritable des inégalités sociales. C'était une bonne journée, le journaliste fut accueilli par un mince filet d'entre lèvres qui laissait voir des petites canines pointues et suggérait la bonté de l'accueil, et il fut invité à s'asseoir dans le large fauteuil à côté du petit guéridon. Monsieur le Ministre se leva avec l'ombre d'un sourire dans ses yeux et se dirigea vers le divan au cuir étincelant. Guy avait son jour de chance, d'habitude le Ministre traitait les *popa'ā* comme des subalternes ou des élèves pris en faute permanente. On racontait que lors d'une visite à l'hôpital de Raiatea, lorsqu'il était Ministre de la Santé d'un précédent «gouvernement de transition», il était arrivé très en retard et les médecins et le personnel soignant qui étaient depuis trois heures au garde-à-vous, avaient eu la surprise de voir leur Ministre se diriger vers l'un des cuisiniers de l'établissement, de l'embrasser et commencer avec lui un monologue en tahitien, entrecoupé d'accolades et de frémissements des narines, qui signalaient chez lui un profond bouleversement émotionnel. «Un *fetii*, un parent; allons Mesdames et Messieurs, *ha'aviti* au travail», ça faisait populaire, question de bien marquer les distances et de montrer que «les Tahitiens sont chez eux et pas les médecins *popa'ā*».

Fervent admirateur du Grand Timonier et de Castro, dernier fidèle d'un socialisme national dans sa version polpotiste, «la plus pure», il avait trouvé son allié provisoire dans le chef du parti indépendantiste local, qui associait un nationalisme tropical xénophobe et rancunier à un nationalisme social qui traduisait la vieille maxime «prendre aux riches pour donner aux pauvres» par la nouvelle «prendre aux *popa'ā* pour donner aux Tahitiens ». Lorsque ce dernier réussit à devenir le Président de la Polynésie française, Darlet fut nommé Ministre de la Culture et de la Propagande puisqu'il se sentait aussi poète à ses heures, pouvant admirer pendant quelques minutes le coucher de soleil sur Moorea, en poussant parfois et discrètement des soupirs. Il avait appris ça des Occidentaux, qui aimaient manifester leur admiration pour cette terre, pour le bonheur mystérieux qu'elle procurait, par de profondes expressions béates, ça faisait distingué. Il appréciait surtout les cotations des peintres locaux dans les Hôtel de Ventes de la métropole, tout le portait donc à remplir dignement ses nouvelles fonctions. Tout en attendant de lui savonner la planche, il ne tarissait pas d'éloges sur son chef, prince du mimétisme économique qui avait lancé un projet d'introduction des techniques japonaises d'élevage des thons avec l'immersion dans l'océan de systèmes de refroidissement, qui voulait développer la production de la bière en boîte pour enfouir les canettes d'aluminium aux pieds des cocotiers, vieille recette qu'il tenait des îles Vanuatu indépendantes afin d'apporter des sels minéraux aux plantes. Il voulait favoriser également la culture du *pakalolo*, du cannabis, pour inciter les touristes à venir à Tahiti faire leurs emplettes dans des « *coffee shop* » comme à Amsterdam, réglant ainsi le problème de la baisse du tourisme et redonnant le goût de la terre aux jeunes désœuvrés. Sa dernière trouvaille avait été le lancement d'une souscription « populaire » pour renflouer les caisses exsangues du Pays, sur le modèle du me de l'Église protestante où les fidèles, réunis au mois de mai dans des séances publiques, rivalisent pour offrir l'argent à leur Église et les plus pauvres ne sont pas en reste dans ce conflit du prestige, digne d'un Téléthon tropical.

La nation polynésienne revendiquée à cor et à cri par le parti indépendantiste retrouvait le modèle archaïque du *potlatch*, de la compétition de prestige, logique fondatrice des rapports sociaux dans toute l'Océanie, consentie et supportée par la communauté en son entier. La dimension religieuse privée et la dimension publique du politique se trouvaient mélangées, ce qui s'annonçait mal pour la démocratie à venir.

D'autres projets du même acabit étaient prêts dans les dossiers de la Présidence, grâce aussi aux judicieux conseils des collaborateurs *popa'ā*, plus nombreux qu'auparavant. Tous ces projets étaient capables de débarrasser le Pays de l'emprise néfaste du néo-colonialisme français et par la même occasion des nids de poules au centre-ville, des trous des *tupa* dans les îles, du miconia envahisseur et d'assurer l'indépendance économique de la Polynésie. Le manque d'une éthique du travail ne semblait pas trop poser des questions théoriques à Monsieur le Ministre, pas plus qu'une juste redistribution des richesses et une contribution collective selon les ressources de chacun. Sa devise était « il faut partager le gâteau chacun à son tour ». Matérialiste pragmatique, il possédait ce mépris des principes qu'il défendait un jour et rejetait le lendemain, en cela il était un véritable homme politique. « Le respect de la parole donnée, disait-il, est un luxe réservé aux pays colonialistes. Lorsque nous serons indépendants, nous pourrons aussi respecter la parole, mais uniquement celle que nous donnerons aux camarades qui suivent les consignes avisées du Parti ». Il avait bien essayé d'introduire la coutume d'embrasser les camarades et alliés sur la bouche, comme le faisaient les dirigeants historiques du bloc socialiste, « cela va renouer avec nos racines, avec la salutation *maori* du frottement des nez », mais les Tahitiens avaient trouvé ce syncrétisme culturel un peu trop répugnant et il avait laissé tomber les embrassades poussées. Il avait su arrêter très rapidement un conflit naissant des opérateurs de surface de la commune dont il était maire délégué dans la côte est de Tahiti. Il avait convoqué les grévistes dans la salle des fêtes, installé une tribune et commencé un long monologue en tahitien sur les controverses entre menchéviks et bolchéviques, un commentaire érudit de la phrase de Lénine «une fois que nous aurons pris le pouvoir, nous ne le lâcherons plus». Il avait donné là un grand moment d'intelligence politique, un haut exercice de traduction d'une des langues de bois majeures de l'histoire récente et sa version en tahitien.

Son discours était truffé de citations bibliques désacralisées, comme dans la plupart des interventions publiques en Océanie, œcuménisme oblige. Les ouvriers éboueurs de sa commune étaient proprement éberlués, ils n'avaient strictement rien compris, ils voyaient en lui l'incarnation retrouvée des *haere po* des Temps anciens, des conteurs des généalogies royales et des entreprises des héros mythiques, associés aux nouveaux héros socialistes aux noms haut sonnants : Lenini, Talini, Kamenini, Pukarini. Ils mirent aussitôt fin à leurs revendications, en faisant le tour du préau de la mairie, Monsieur le Maire délégué en tête tout sourire. Il savait faire du peuple sa clientèle, sachant pertinemment que le terme d'«autoritaire» de la pensée politique occidentale n'avait pas le même sens que sous les Tropiques, où il était vu plutôt comme un terme positif, voire un compliment adressé à un vrai homme à poigne, utilisant la trique et le verbe.

Comme tous les demis intellectuels, il savait ramer entre les deux langues, les deux cultures. Il n'avait pas d'amis, puisque le virus du pouvoir est la négation de l'amitié, et cette maladie contagieuse qui affectait la société polynésienne exténuait vite les rapports des hommes, liés uniquement par de solides fils de réseaux familiaux et de dépendances sociales. Lorsqu'on lui reprochait de faire tort à un ami, il répondait que c'était là un nécessaire «dommage collatéral». Il utilisait les êtres comme des pions et des pièces d'un jeu d'échecs solitaire, il considérait toute attention et tout service comme une dette rendue à sa prodigieuse intelligence.

Pendant que Monsieur le Ministre était en train de refaire le même coup, cette fois en français, sur les menchéviks et les bolchéviques et les raisons théoriques indiscutables de la victoire des deuxièmes sur les premiers, Guy était tout regard sur le tableau accroché au mur. Grande composition, elle représentait deux porteurs de régimes de bananes sauvages, les *feï*, thème que le peintre Gouwe avait souvent traité dans les années 30-40 avec des techniques à l'aquarelle, des gouaches ou des tableaux à l'huile. Les deux hommes avancent dans l'épaisse végétation, le corps ployé sous le poids des régimes des fruits et une raie oblique de lumière les sépare de l'ancienne forêt primitive qu'ils viennent de quitter. Au centre de la composition, les fruits s'ouvrent comme des quartz étincelants, la lumière s'exalte dans des lieux de tension du tableau, ce sont là des porteurs de lumière qui viennent de quitter l'ancienne forêt primitive, la nature comme surabondance de la vie pour porter aux autres hommes les fruits de leur effort. Le travail et l'effort traduisent plastiquement ce jeu complexe de l'homme et de l'espace. Sans l'œuvre du peintre ce jeu resterait invisible, pure sensation naturaliste du foisonnement de la lumière et des couleurs. Pendant que Jack Darlet illustrait les magnifiques destinées progressives du peuple polynésien, Guy observait le rapport, spécifique de la réalité polynésienne, de l'activité et du jeu, l'accord profond du travail et de l'œuvre d'art. Sans concessions et sans clins d'œil, le peintre avait su traduire le rythme de la rencontre entre la tradition picturale occidentale et le monde polynésien. Guy prit congé du ministre, les porteurs de lumière avaient réussi à donner un autre éclairage à cette rencontre, où le travail n'était plus uniquement une peine ou un concept idéologique, mais la preuve de la dignité humaine conquise sur la fascination dévorante de l'antique nature. Il s'était promis d'approfondir la peinture et la personnalité du peintre hollandais qui avait vécu une trentaine d'années à Raiatea.

Guy avait emprunté la route qui traverse la commune de Faa'a, à laquelle appartient également l'aéroport international, avec ses quartiers populaires délabrés en tôles rouillées derrière le rideau des fleurs qu'une certaine presse baptisait « habitat polynésien ». Il suivait un camion avec la remorque à ciel ouvert qui transportait les ordures ménagères de la ville vers le centre d'enfouissement de la presqu'île. Une odeur fétide se dégageait du camion, imprégnait l'espace que nulle couronne de *tiare* n'aurait pu laver. Devant un hôtel de grand standing, un couple de Japonais âgés attendait les transports en commun. Munie du plan de la ville, la vieille dame eut un geste lent du poignet avec la même aisance et discrétion que si elle s'était trouvée au Jardin botanique de Kyoto avec son plus bel éventail et échangea un long regard avec le vieil homme. « Mais ne pourraient-ils pas faire ça en pleine nuit ? » se demandait Guy. En arrivant dans la ville, il eut envie de se balader au Marché central. Depuis longtemps il n'était plus venu admirer les couleurs des étalages de fruits, de légumes et de poissons, les couronnes fleuries qui embaumaient, les sourires des femmes qui allaient droit au cœur. Ce qui manquait dans les années radieuses promises par la nouvelle équipe dirigeante était le battement du cœur de la ville, le plaisir de la fête véritable. Une tristesse hargneuse l'avait remplacé par l'officialisation des cérémonies de l'ancienne royauté polynésienne à chaque occasion publique, le pouvoir politique étant plus soucieux d'une légitimation identitaire que d'une reconstitution philologique, par les méthodiques beuveries du vendredi et du samedi qui avaient pris la place des bals du Pitate, du Royal Dancing, suspects aux yeux de l'intégrisme culturel de « contamination idéologique » *via* le plaisir charnel.

Plus on parlait du bonheur moins on y croyait, plus on parlait du tourisme comme facteur clé pour amener le Pays à l'indépendance économique, prélude nécessaire à l'indépendance politique, plus on multipliait les raisons pour les étrangers de rester chez eux. Il ne s'était pas aperçu que le feu rouge était passé au vert. Le 4x4 pick-up noir comme un corbillard portait dans sa benne deux chiens pitbull au froid regard assassin. Le conducteur abondamment tatoué aboya « Rentre chez toi *popa'ā* si tu ne sais pas conduire ». Il eut soudain l'envie de faire appel au tsunami pour qu'il vienne nettoyer cette ville où une mutation anthropologique insidieuse s'était produite, pour qu'il emporte les veaux d'or devenus si nombreux, méconnaissables à force d'être si bien adulés. Il se rappelait des lectures d'autrefois, de *Typhon* de Joseph Conrad avec le capitaine MacWhirr, esprit héroïque et borné qui rivalise avec la violence déchaînée de la nature dans le seul but de la dompter et de reconduire le bateau au port, des trafiquants de perles qui dans les *Contes des mers du Sud* de Jack London affrontaient le cyclone nez au vent pour l'amour du gain. Il y avait sûrement une nouvelle forme d'héroïsme aujourd'hui, qui demandait une endurance vis-à-vis des tristes figures qui mimaient l'ancien esprit guerrier. Il se demandait où étaient passés les tatouages anarchopiratesques d'antan aux accents si doux : « Maman je t'aime », « à Cathy pour la vie », voire « mort aux vaches ».

Il arriva à la station de la radio et télévision qui domine les hauteurs de Pamatai, bâtisse blanche devant le lagon, temple de la nouvelle religion communicationnelle qui protège ses habitants et veille jalousement sur la paix de leurs esprits. On l'attendait impatiemment, puisque les premiers témoignages sur les effets de la vague s'étaient fait sentir aux Marquises, on avait même prévu une édition spéciale en direct avec les habitants de Hiva Oa et de Nuku-Hiva, sous la conduite de Guy. Les nouvelles qui parviennent sont réconfortantes, la hauteur de la vague est moins importante que prévu, vraisemblablement se réduira à 20 ou 30 centimètres à l'arrivée aux îles du Vent. Bonne nouvelle pour les insulaires, mauvaise image pour les commentateurs. Guy en vrai professionnel anime les esprits des interlocuteurs, il évoque l'inévitable réchauffement climatique de la planète si bienvenu lorsqu'on n'a rien à dire, il demande les résultats des vallées isolées avec deux ou trois mètres de creux, encourage les marquisiens à échanger les nouvelles avec leur famille de Tahiti, à souhaiter «joyeux anniversaire» à la mamie de Papara. Tout d'un coup un scoop : pendant quelques minutes une dame âgée et un peu agitée ne cesse de répéter «la mer monte, la mer descend, la mer monte, la mer descend, la mer monte, la mer descend». Très bon moment de journalisme *live*, de témoignage vivant du courage véritable des populations polynésiennes devant les catastrophes naturelles, commente la consœur spécialiste des sinistres heureux. Furieux, Guy arrache son écouteur, se lève et sort, criant à voix haute, «la cagade, la cagade». Teva se précipite à sa poursuite, «ne déconne pas juste au moment où tu vas devenir le chef».

Il rentre chez lui, les routes sont vides, les habitants ont bien suivi les conseils et se sont réfugiés sur les hauteurs ou bien ils sont calfeutrés chez eux suivant les événements à la télévision. La ville a pris l'aspect d'un endroit fantomatique, d'un lieu de *l'après*, après l'histoire, après la culture, désertée par l'humanité où quelques chiens faméliques se régalent à fouiller les poubelles débordantes. Les étalages de fruits semblent abandonnés à côté des couronnes de *tiare* enfermées dans leur blancheur. Il ouvre son frigo et en sort quelques restes du *maa tinito* de la veille, il avale les haricots froids en soufflant comme s'il venait de faire son footing matinal. Ça ne passe vraiment pas, même avec une bonne rasade de whisky. Le lendemain il envoie la lettre pour prendre ses congés annuels de la radio et prépare ses bagages pour partir aux îles Sous-le-Vent sur les traces du peintre Gouwe.

# Gouwe roman

La deux-chevaux montait lentement la côte de Vetea, le quartier résidentiel où se trouvaient les villas cossues récemment construites par la bourgeoisie post nucléaire, des représentants de la classe dirigeante locale qui dépendaient tous des dotations que la France versait à la Polynésie en compensation des expérimentations nucléaires et cumulaient les richesses en faisant de l'import-export, ainsi que de hauts fonctionnaires de l'État généreusement prêtés au Territoire et des membres des professions libérales largement rétribués. Il avait rendez-vous avec un amateur d'art, comme il s'était présenté au téléphone, qui possédait des tableaux d'Adriaan Herman Gouwe, le peintre hollandais dont Guy voulait rassembler la documentation. Le nom du peintre était un mot de passe qui ouvrait de nombreuses portes chez les collectionneurs fortunés de l'île. Depuis le milieu des années 60 et les profondes transformations apportées par l'installation en Polynésie du Centre d'Expérimentation du Pacifique, les peintres étaient à l'honneur à Tahiti.

Plus qu'une passion pour l'art, la Polynésie réclamait une sorte de remboursement à la peinture ; ayant raté « l'affaire Gauguin », il ne fallait pas que cela se reproduise avec d'autres artistes, d'où le grand intérêt pour les peintres, tous les peintres. Depuis un mois, Guy avait pu examiner à loisir de nombreux tableaux du peintre originaire d'Alkmaar, dans le nord de la Hollande, qui avait vécu une quarantaine d'années en Polynésie, peignant jour après jour la lumière des îles et ses habitants. Il avait retrouvé des tableaux d'Adriaan Herman Gouwe à Raiatea, la plus grande des Îles sous le Vent, dans une vieille maison coloniale qui appartenait à l'un des amis du peintre. Dans la clarté moelleuse qui filtrait par les stores luisants en bambou et donnait l'impression de fraîcheur silencieuse, les tableaux dégageaient un effet de lumière propre, venant de l'intérieur grâce à la texture dense des couleurs franches et vigoureuses qui créait un volume lumineux où la nature foisonnante et inextricable des sous-bois polynésiens respirait dans les cours d'eau miroitants. En ce matin heureux dans la vieille maison, face à l'île de Huahine alanguie comme un corps de femme au loin dans la brume de chaleur, il avait éprouvé la même intense émotion devant ces tableaux que celle des navigateurs d'antan qui parvenaient en présence d'une île inconnue, des aventuriers qui remontaient aux sources des fleuves pour y créer un comptoir. Il avait décidé d'approfondir le regard sur le peintre, en prenant un congé sabbatique de la radio pour se consacrer à son œuvre.

La maison blanche n'avait pas de portail, elle se trouvait en contrebas et on y accédait par un large escalier qui débouchait sur la terrasse ouverte sur le lagon, en face de l'île de Moorea. Les murs écrus avec un mélange de lait de chaux qui repoussait la lumière de la matinée ensoleillée, la cour bétonnée avec quelques arbres au rare feuillage, donnaient à la maison une dimension séparée par rapport à la végétation environnante aux camaïeux de vert. Sur la terrasse, le vent faisait tourbillonner de petits tas de feuilles flétries et brûlées qui contrastaient avec la poussée vigoureuse de nouvelles feuilles et de nouveaux bourgeons. Il fut reçu dans le grand salon vide avec un vilain guéridon sur lequel étaient empilés des magazines d'art tout poussiéreux, un chien galeux aux yeux fermés reposait à ses pieds. Sans aucune expression sur son visage, le propriétaire fit signe de la tête vers les formes colorées qui étaient accrochées de guingois aux murs dans un parfait désordre. Dans cette pièce qui ressemblait à une énorme baignoire avec les carreaux blancs aveuglants du sol, des poissons tropicaux étaient fichés sur les murs, des papillons de nuit y avaient été épinglés, des oiseaux de couleur sombre avaient terminé ici leur vol.

En s'approchant, on pouvait reconnaitre des sous-bois, des fougères maladives, des fleurs fanées aux couleurs ternes en train de perdre leurs pétales sur des eaux sans vie, des portraits laborieux à la note dominante de gris sale. Interloqué, il se tourna vers l'homme qui semblait le surveiller attentivement. «Et alors, s'exclama ce dernier, comment trouvez-vous ces tableaux de Gouwe?» «Ce sont des tableaux, peut-être, mais pas de Gouwe», répondit Guy. La mince fente des yeux laissa percer un regard glacial, dur et aigu et Guy eut un léger frisson, réalisant qu'il se trouvait dans un endroit isolé, dans une maison inhabitée, au milieu de formes non définies. Il bafouilla quelques remerciements et il prit rapidement congé de son hôte. La descente de la côte de Vetea se fit sur les chapeaux de roue, oubliant que la vieille Citroën avait quelques problèmes avec les freins. Il l'avait repeinte en rouge vif un jour de spleen, pour faire concurrence aux haies d'hibiscus rouge sang, aux flamboyants au vermillon intense. Il arriva au centre-ville et gara sa voiture devant la galerie d'art qui lui avait donné l'adresse du collectionneur. Les cheveux filasse et les taches de rousseur du galeriste contrastaient avec l'affirmation réitérée d'être «entièrement tahitien», le terme de *mā'ohi* n'étant pas encore à la mode. Sa peau ne supportait pas l'intensité du soleil polynésien, de larges taches blanches apparaissaient sur son visage et le dos des mains, comme si le soleil avait voulu cruellement départager les couleurs.

Il l'accueillit avec son habituel sourire moqueur qui s'accentuait au fur et à mesure du récit de Guy de ses mésaventures à Vetea. Il lui conseilla d'aller visiter une galerie nouvellement ouverte sur le Territoire. Lorsqu'il demanda à la jeune femme de pouvoir regarder de près les tableaux de Gouwe, elle eut une réaction de surprise et de gêne. Elle l'invita à la suivre dans la réserve et à la lumière crue des néons il aperçut une dizaine de formes semblables à celles vues dans le salon de la maison blanche des hauteurs de Vetea. « C'est un collectionneur qui a besoin d'argent qui m'a proposé ces tableaux, il en a encore autant chez lui. Je ne connais pas le peintre, je ne l'aime pas, je sais que c'est une valeur sure de la peinture locale ». Depuis ce jour, s'ouvrirent pour Guy des arrière-boutiques de magasins chinois sentant le renfermé et la vanille, des appartements borgnes dans des cubes de béton construits pour être fonctionnels et bon marché dans lesquels s'entassait une population mélangée, des asiatiques nouvellement arrivés, des « petits blancs » qui vivotaient leur rêve tropical depuis de longues années, des Polynésiens des îles lointaines attirés dans la capitale par le désir des nouveautés ; un bidonville au cœur de la ville que les jardins fleuris avec les innombrables variations du vert parvenaient à peine à ombrer, à estomper. Autrefois quartiers malfamés hauts en couleur, qui portaient de noms évocateurs de souvenirs colorés pour les marins de la planète, comme la rue de la Petite-Pologne, depuis lors rue Paul-Gauguin, ils étaient maintenant ternes, sans souci esthétique, prisonniers d'un fatalisme architectural. Tous ceux qui possédaient des tableaux, héritage parfois de la grand-mère qui avait accueilli le peintre solitaire et avait été payée en retour par un portrait, d'autres les plus nombreux qui voulaient faire une spéculation sur son œuvre, voulaient maintenant savoir s'ils possédaient bien des tableaux de Gouwe et d'autres peintres locaux ou bien des faux. Il y avait une véritable inflation de faux tableaux, une gangrène diffuse qui touchait surtout les nouveaux spéculateurs, la plupart de ces tableaux avaient une touche uniforme de laideur, une note dominante de grisaille terreuse. On lui conseilla d'aller rendre visite à un ancien élève de Gouwe, qui avait ouvert une école de peinture en ville et habitait dans la vallée de Tipaerui. Les journaux annonçaient la mort d'un commerçant chinois qui s'était «suicidé dans une malle». La photo était celle de l'homme qui avait reçu Guy dans la villa de Vetea.

La saison des pluies avait commencé à dessiner des cathédrales éphémères d'albâtre dans le ciel, de prodigieux combats de dragons, des moissons improbables couleur nacrée et carmin. Une averse impromptue, surgie de nulle part, déversait des ondées aussitôt disparues. Le vent violent qui avait apporté la pluie s'était calmé et un rideau liquide perpendiculaire et tenace tombait d'une clarté laiteuse qui annonçait le retour du soleil à travers l'épaisse couche des nuages en train de se dissoudre. Il arriva à la maison du peintre, morfondue sous le crépitement des vieilles tôles rouillées, avec une terrasse faite avec le bois du pin de l'Oregon rongé par le temps, des planches lourdement mitées et qui demandaient une vigilance accrue aux visiteurs. Une haie de balisiers, flammes étoilées, conduisait à la maison et dans la vaste cour où les arbres fruitiers côtoyaient des buissons fleuris taillés avec beaucoup de savoir-faire et de goût, une baignoire allongée en porcelaine, vestige d'un des hôtels particuliers de métropole, était devenue l'abreuvoir pour la nombreuse basse-cour, des coqs toujours actifs, des poules avec leur progéniture, des canards, des chiots, des chats et des petits cochons vivant en une parfaite et évidente communauté fraternelle. Il y avait là un « *ready-made* » tropical involontaire que Marcel Duchamp n'aurait pas désavoué. Les cannas se dressaient fièrement avec leurs fleurs rouges et jaunes, les massifs de crotons lancéolés dont les feuilles multipliaient leurs nuances de jaune, de rouge et de brun. Un grand massif de *poua* aux fleurs blanches au parfum vanillé qui embaumait les soirs du *hupe* se dressait devant la maison.

Toute la végétation excessive de la Polynésie s'était donné rendez-vous dans ce jardin, à l'instar de la plupart des jardins tahitiens. Le propriétaire des lieux s'avança avec un sourire jovial, balançant sa robuste carrure. Il avait créé une école où il essayait d'apprendre aux élèves à reproduire des thèmes inspirés par les masques et les dessins qui se trouvaient dans les nombreux ouvrages consacrés à l'art polynésien, notamment dans le texte canonique de Jean Guiart publié chez Gallimard, mais également l'œuvre des peintres occidentaux qui avaient vécu en Polynésie. Il espérait ainsi développer un art au service du tourisme qui était devenu, depuis une vingtaine d'années, la source majeure de l'économie tahitienne, avec la compensation de l'État français pour les expérimentations nucléaires. Ses élèves étaient pour la plupart des femmes de fonctionnaires qui avaient découvert leur vocation de peintre dans les nombreuses publications touristiques qui vantaient la nature absolument pictogènique de la Polynésie. La femme du peintre, superbe créature des Australes aux formes vigoureuses, la peau soyeuse rayonnante sous le retour du soleil, avait apporté du café. La porte aux battants mités était encadrée d'un chèvrefeuille qui habillait la terrasse de son parfum capiteux. La pluie avait cessé et un mouvement doux et long faisait lentement ondoyer les palmes des cocotiers, telles de jeunes filles des îles dont la souplesse savait si bien donner à leur marche une allure de danse et caresser nonchalamment le bleu du ciel.

Ils s'étaient assis autour d'une table bancale, où un livre faisait office de support. Défraichie la couverture en maroquin rouge, maculée par les usages multiples, elle laissait voir encore le titre : E. Kant, *Critique de la raison pratique, précédée des Fondements de la métaphysique des mœurs.* Par quels étranges chemins de l'aventure humaine cette édition traduite de l'allemand par Barni en 1848 et publiée par la vénérable maison Ladrange de Paris, s'était retrouvée ici, dans une vallée perdue de Polynésie et avait terminé provisoirement ses jours dans cette posture ? De sa voix grave et mélodieuse, l'hôte ne cessait de faire les éloges de la peinture de Gouwe « mon maître, mon seul maître », d'expliquer comment le peintre hollandais était à l'honneur dans son école et qu'il possédait lui-même deux originaux signés de la main du maître. Il était allé chercher dans l'intérieur sombre les deux toiles, l'une représentant l'île de Huahine dans la rougeur du couchant, avec la mer vineuse et les dernières vibrations des couleurs avant l'irruption du mauve du crépuscule. La deuxième était le portrait de Roti, célèbre beauté de l'île dans les années 30. Il se montrait intarissable sur Gouwe, sur la peinture qui allait assurer un avenir radieux à la Polynésie, sur la nécessaire rivalité entre les artistes, héritage culturel de l'esprit guerrier de l'ancienne Polynésie, sur l'indispensable exercice de l'imitation qui était une façon de rendre hommage au *metua*, au maître, en essayant de devenir comme lui. Le peintre avait évoqué ensuite Paul Gauguin, qu'il traitait de « vampire culturel et pédophile ». Il avait le projet d'attaquer en justice les héritiers de Matisse, car il considérait qu'à partir des années 1937, toute sa peinture pouvait se résumer aux emprunts à la technique du *tifaifai*, les grands morceaux de cotonnade qui servaient comme couvre-lit dans les demeures tahitiennes et que les femmes brodent avec beaucoup d'adresse superposant des ramages et des fleurs polychromes.

Ce que le maître de peinture ne savait vraisemblablement pas c'était que l'art de la découpe et de l'assemblage des dessins sur les pièces de coton n'était pas propre à la tradition polynésienne, elle l'avait hérité au début du siècle, lorsque les bateaux de marchandises débarquaient en Océanie des pièces de tissus fortement inspirées par le mouvement artistique anglais Art and Craft et son maître William Morris. Les revendications traditionalistes oubliaient tout simplement que toute culture est faite d'emprunt et de transformations, d'oubli des origines et que la puissance de l'art consiste dans l'inauguration du nouveau. Et puisque la culture occidentale avait spolié la culture polynésienne, il lui semblait juste que les héritiers pratiquent le plagiat dans tous les domaines, façon de se « réapproprier » le vol initial. Ce long monologue du peintre, associé au rhum qu'il versait généreusement depuis un moment dans les verres où venait se déverser et s'iriser la douceur de la lumière déclinante, donnait un sentiment d'agréable torpeur à Guy. Il était surpris par le mélange de roublardise et de sincérité du peintre, d'absolue franchise et de mensonge évident. Il s'arracha de la bulle protectrice du récit des passions humaines et de la paix du couchant, il le quitta pendant qu'il arborait un sourire complice et rentra chez lui.


Lorsqu'il rendit visite le lendemain à Francis Sanford, la musique qui marquait la fin du feuilleton télévisé « Amour, Gloire et Beauté » remplissait encore la vaste terrasse et Elisa, la femme de Francis l'accueillit avec un sourire amical et l'accompagna dans le bureau du mari.

Guy avait connu le couple deux ans auparavant, grâce à l'amitié de Gilles Artur. Il avait noué avec eux des rapports de sympathie autour de la figure de Gouwe qui avait été un ami très proche du couple et dont ils possédaient une quinzaine d'œuvres, qui constituait sûrement la collection la plus intéressante et la plus riche du Territoire. Il raconta à Francis Sanford ses découvertes récentes et son visage habituellement ouvert se referma, « cela ne m'étonne pas, rien ne m'étonne plus désormais ». Homme politique de premier plan, il s'était retiré de la vie active depuis quelques années, mais demeurait sûrement la figure la plus écoutée de la politique tahitienne. Instituteur de formation, il avait été nommé chef de poste administratif aux îles Gambier en 1939 et avec sa femme il organisait l'enseignement scolaire, activait le débroussement des routes et le reboisement, devenant rapidement le dirigeant politique de l'île.

Pendant la guerre, il avait été envoyé à Bora-Bora, comme représentant du Territoire auprès des troupes américaines qui avaient installé une base sur cette île. C'est là qu'il avait noué l'amitié avec Adriaan Herman Gouwe et après la guerre, il avait repris son poste d'instituteur à Bora-Bora avant d'être nommé directeur des classes primaires au collège Paul Gauguin à Papeete. Chargé de mission au cabinet du Gouverneur Sicurani, il était devenu Chef de Cabinet en 1963. Maire de la toute nouvelle commune de Faa'a en 1965, il fut élu député de la Polynésie française. En 1968 il avait obtenu la levée de l'interdiction de séjour en Polynésie du vieux leader autonomiste Pouvana a Oopa. Candidat à l'élection présidentielle en 1974, leader du « Front uni pour l'autonomie interne », Francis Sanford était opposé au jeune Gaston Flosse, étoile montante de la politique locale. Véritable père du nouveau statut d'autonomie de la Polynésie française, Sanford fut élu Vice-président du Conseil du Gouvernement, avant de prendre ses distances avec la politique active à partir de la moitié des années 80. Profondément attaché à la collaboration politique, économique et culturelle avec la France, il avait critiqué à partir des années 70 le choix nucléaire

et écrit, dans l'ouvrage collectif *Le Bataillon de la Paix* de 1974 :
«Nous constatons que l'implantation d'un Centre d'Essais
nucléaires dans nos îles n'a apporté à la Polynésie qu'une fausse
prospérité n'ayant profité qu'aux plus riches ; qu'elle a freiné
considérablement le développement d'une économie saine,
condition fondamentale de la construction de notre avenir ;
qu'elle a multiplié les faux besoins, la délinquance juvénile et la
criminalité ; que la pollution radioactive de notre environnement
— dont elle est responsable — rend plus nombreux les cas de
cancer et de leucémie (dont les statistiques sont tenues secrètes) ;
et qu'enfin, elle a empêché toute évolution démocratique,
toute modernisation de nos institutions locales.» La lucidité de
Francis Sanford venait de sa culture républicaine, rare exemple
dans l'univers politique local toujours enclin à des solutions
autoritaires, sur fond de démagogie populiste.

Il n'avait cessé, pendant toute sa carrière, d'essayer
de jeter les bases d'une nation moderne et démocratique qui
éviterait le double danger à ses yeux de l'illusion du retour aux
temps anciens du monde polynésien et la frénésie du profit
des nouveaux maîtres. Sa politique de la relation sur un pied
d'égalité avec la métropole faisait appel à une histoire partagée
entre la France et la Polynésie rejetant les revendications
partisanes créatrices de ressentiments durables et l'imposition
de solutions venant uniquement de l'extérieur, jamais mûries
dans une confrontation vivante.

Sous le grand flamboyant qui formait une sorte de
dôme protecteur ombragé avec ses belles fleurs vermillon qui
parvenait même à éclairer la nuit polynésienne, ils reprenaient
la conversation interrompue deux ans auparavant, avec la même
disponibilité à l'écoute de la part de Francis Sanford et une réelle
culture qui caractérisait les maîtres d'école de sa génération,

avec le sentiment partagé de la découverte commune. Depuis une dizaine d'années, avait fait son apparition dans la réalité polynésienne la nostalgie de l'ancien Monde où les hommes entretenaient un rapport de dépendance étroite avec la vie et à son déroulement réglé, sous la coupe rassurante des mythes qui avaient déjà tout dit, le désir plus ou moins clair du retour à une hiérarchie sociale stable et naturelle comme la marche des étoiles. À l'intérieur de ce cercle, les hommes vivraient à nouveau d'une façon harmonieuse dans l'acceptation d'un ordre immuable, en paix avec l'étant. L'entrée violente dans l'histoire, avec la colonisation et l'arrivée d'un autre sens du monde, du sens de la vie à rechercher et non plus donné à jamais, l'apport du christianisme pour la construction d'une société démocratique, n'avaient pas encore été affrontées en tant que telles par la plupart des intellectuels polynésiens, fascinés en même temps par les idoles nouvelles de l'argent, par les dernières trouvailles de la technologie et par les poncifs du monde ancien plus souvent imaginaires que réels. À la fois passéistes et progressistes, adorateurs du progrès technique, ils avançaient avec la tête tournée en arrière, devançant à tout moment le sens du possible. Francis Sanford était un homme de bonne volonté qui se vivait comme un retardataire, redoutant l'arrivée des nouvelles figures de l'aliénation qu'il voyait déjà se profiler à l'horizon. Il était un représentant de choix de la bonne vieille humanité, riche en filons d'or d'attention aux autres, de sédiments précieux d'amour pour les faibles. Son attitude d'ouverture et sa disponibilité aux autres semblaient désormais appartenir à un passé irrémédiablement perdu.

Dans la clarté de l'azur matinal, depuis les hauteurs de l'Uranie on apercevait le lagon strié par les moutons de l'alizée qui rappelaient à Sanford l'arrivée de Gouwe à Bora-Bora en 1942, à bord de la goélette Nacirata. Elle avait roulé depuis

Raiatea bord sur bord pendant une vingtaine d'heures, dans les relents du coprah, les cris des petits cochons noirs attachés par les pattes, le mélange d'odeur de mazout et de tabac des voyageurs assis au milieu des pastèques et des tortues destinées à un festin. Les troupes américaines avaient débarqué depuis trois mois dans l'île pour constituer une base militaire dans la guerre du Pacifique et ils avaient bouleversé la vie traditionnelle apportant la technologie la plus performante et les marchandises les plus disparates. Gouwe avait été embauché par un épicier chinois pour peindre sur des galets de rivière des portraits des *vahine* à la longue chevelure, « qui se vendaient comme des petits pains » auprès des jeunes militaires américains. Il habitait chez le couple Sanford, il travaillait à deux tableaux destinés aux amis qui l'avaient reçu. Le premier représentait la passe qui conduisait au quai de Vaitape, avec le grand morne qui dominait l'île par un après-midi d'orage et le ciel qui pesait lourdement sur l'île, déchiré par endroits d'éclats du soleil.

Au premier plan, les eaux tourbillonnantes du lagon étaient chargées des rayons du soleil qui laissaient peu à peu la place aux tumultes de la tempête. Au milieu de ce contraste des éléments, un oiseau planait librement dans la partie gauche inférieure du tableau. « C'est l'autoportrait du peintre, dit Sanford, la preuve de la sérénité au milieu du chaos des éléments, jouant avec le vent qui le porte ». Il avait exactement saisi le sens de cette composition autour de la double centralité de la nature polynésienne, fait de permanents contrastes entre lumière et obscurité, ici représentée par la lourdeur plombée du ciel d'orage et les joyaux étincelants des couleurs du lagon. Dans ses tableaux, les formes jaillissaient des sucs violents de cette terre, bien différente des paysages paisibles de sa Hollande natale, avec ses terres grasses et lourdes, nourries par le travail des animaux et des hommes. La liberté de la couleur de Gouwe répondait à un projet rigoureux : peindre la dimension excessive de la nature polynésienne et lier dans l'image picturale les deux mondes, le visible et l'invisible. L'autre tableau que Francis Sanford lui avait commandé, était une scène de la vie de Tahiti aux temps anciens, *Pèlerinage à Opoa*, qui illustrait l'arrivée au *marae* de Taputapuatea de Raiatea d'une pirogue chargée de guerriers, avec tous les signes fastueux de la royauté. Ce temple à ciel ouvert est le centre le plus connu de l'ancienne religion tahitienne, d'où selon la tradition étaient parties les embarcations pour la conquête de la Nouvelle-Zélande et d'autres îles du Pacifique Sud. Pour échouer la pirogue sur la plage, des corps humains avaient été installés comme des billots sur lesquels allait rouler l'embarcation.

Un grand concours de spectateurs, avec le grand prêtre au costume jaune et les calicots de diverses couleurs, formait la haie d'honneur, pendant que les montagnes et la végétation touffue surplombaient la scène avec leurs couleurs majestueuses et éclatantes, du jaune indien chaud à l'alizarine vive. Dans un des rares tableaux que Gouwe avait consacrés à l'histoire ancienne de Tahiti, et qui lui avaient coûté sept ans d'hésitations et de reprises, il montrait le conflit entre l'éclat de la nature et la dimension violente de la vie des hommes, avec ses sacrifices humains, composante essentielle de toutes les religions anciennes. Le commentaire de Francis Sanford soulignait le charme ambigu de ce monde antique qui n'était pas si loin dans le temps, sa dimension fastueuse et tragique, d'où tirent leur origine les passions extrêmes qui habitent depuis longtemps les cœurs de ses hommes, leur difficulté à trouver une solution entre la sinécure désinvolte et la violence tacite, assouplie, mais non éteinte par le nouveau Dieu de la religion chrétienne. Toute la peinture de Gouwe allait sous le signe de la recherche d'une harmonie, dans un lieu qui nie la lumière tempérée, dont les passions sont dirigées par la loi du tout ou rien. Cette tension des formes fait que la peinture de Gouwe supporte mal la lumière des appartements en métropole, elle ne trouve son plein sens que dans la confrontation avec la lumière tropicale, un peu comme la peau de ses habitants perd de son éclat dans la lumière tempérée de l'Occident.

Il peignait également des commandes qui provenaient de l'autre instituteur de Bora-Bora, Louis Picard, lui aussi amateur de peinture et qui possédait de nombreux disques d'opéra qui enchantaient Gouwe et lui rappelaient l'Europe lointaine. Il avait peint pour Picard les portraits d'un couple tahitien qui manifestait le calme impassible de ceux qui étaient parvenus à contempler les joies et les tourments des vivants depuis une mystérieuse contrée de l'être. Le peintre avait su passer à l'intérieur du tableau, devenir ce regard paisible au-delà de toute émotion et curiosité sur les mystères de la vie, il était parvenu à traduire la rencontre d'un regard solidement charpenté et d'un monde étranger, l'éclat d'une éternité soustraite à la marche du temps. Les deux instituteurs aimaient l'art non pas comme une illustration de la vie sociale ou bien un investissement économique, mais comme le lieu d'apprentissage de la complexité des formes de vie, de la réponse de la part des hommes à la profusion sensible du monde, à l'enchevêtrement du maquis originaire de la nature polynésienne. Sanford répétait souvent la phrase « la beauté nous rendra libres », d'où son attention extrême à l'éducation aux formes que donnaient la peinture et la littérature. Ce qui fascinait les esthètes de passage, ce nœud inextricable de brutalité et de douceur du monde polynésien, devait devenir à ses yeux l'enjeu politique d'une éducation à la modération. « Il n'y a que deux genres d'hommes : ceux qui comprennent et ceux qui ne comprennent pas », dans cet énoncé abrupt Sanford voulait montrer que la compréhension n'appartient pas forcément à une classe sociale privilégiée, elle était plutôt à ses yeux une possibilité latente chez tous les hommes que l'expérience de la vie pouvait faire éclore. L'art était donc pour Sanford le lieu par excellence de l'apprentissage du multiple, discipline non réservée uniquement aux musées, mais au centre de la vie sociale et politique de la cité. Son regret majeur consistait dans le fait de n'avoir pas su conduire une réforme en profondeur du système scolaire en Polynésie, qui donnerait toutes ses chances au travail manuel, qui associerait également la sensibilité aux formes propre de la culture polynésienne et la culture formative de l'esprit occidental. Dans l'écart qui commençait à se creuser entre les deux, il voyait le drame à venir de la société polynésienne, la porte ouverte aux mensonges « culturalistes » et aux spéculations en tout genre.

Elisa avait préparé un riz cantonais au poisson salé des Tuamotu et Francis avait sorti une bouteille de bordeaux. Ils s'étaient quittés en promettant de se revoir, mais ce fut là leur dernière rencontre, Francis Sanford mourut en décembre 1996, avant la sortie du livre de Guy sur Gouwe. Ce livre avait été voulu et parrainé par Gilles Artur, le conservateur du musée Gauguin de Papeari. Un sourire attachant de matou éclairait son visage, habitué depuis de longues années à composer avec l'âme changeante des responsables culturels du Territoire, essayant de garder en vie non sans mal l'une des dernières institutions de la mémoire artistique occidentale. Dans son *fare* du musée Gauguin à Papeari, là où les couleurs du lagon dessinaient leur moiré sur les livres de la riche bibliothèque de documentation, il accueillait avec attention et discrétion l'équipe de cinéastes allemands comme l'universitaire d'Auckland, l'étudiante en maîtrise, le peintre célèbre et l'écrivain vagabond des mers du Sud.

Autour de la figure et de l'œuvre de Gauguin, il avait su tisser une trame complexe faite de complicités amoureuses et d'amitiés exigeantes. Guy avait été invité à déjeuner par Gilles Artur pour parler du projet du livre sur Gouwe. Il avait préparé un gigot à la provençale avec une salade frisée que le maraîcher chinois de Papeari faisait pousser avec beaucoup de soins. Il avait tendu le saladier à son hôte qui remarqua les couverts, extrêmement minces et légers, avec des volutes, des spirales, des motifs anthropomorphes propres aux tatouages marquisiens. Il les prit, les fit tourner entre ses doigts et répondit d'un petit signe de tête au sourire de Gilles. C'était un moment de conversation silencieuse plus intense encore que tout échange de mots, où Gauguin venait prendre place dans le jeu de la complicité amicale. Quelques jours après, il retrouva les couverts en bois de rose dans une des vitrines d'exposition du musée. Pour employer un jargon à la mode, Gilles était « culturellement peu correct » par rapport à la tendance contemporaine de sacraliser n'importe quel objet artistique, de le protéger de la vie, de faire passer tout caillou au statut d'œuvre de l'art. Dans ce repas, les couverts de Gauguin avaient repris pendant un temps le rôle originaire qu'ils avaient eu, celui de fleurir l'espace quotidien avec des objets où la valeur d'usage et la beauté se conciliaient. Ils avaient revisité la vie, donné toute leur intensité discrète au repas amical, maintenant ils reprenaient place dans le musée, dans le monde entre parenthèses, à côté d'autres quasi-objets, reproductions de tableaux, photos jaunies par le temps, boutons des vêtements du peintre, que la mémoire des hommes conservait pour un temps.

Passeur de signes, comme Gauguin et Segalen furent des passeurs de formes, Gilles Artur travaillait dans l'espace de frontière entre la culture océanienne et la culture occidentale. Pour devenir passeur de formes, il fallait consentir à l'altérité, tout en restant profondément fidèle aux sources qui l'avaient jeté dans l'attrait du voyage. A ses yeux Gouwe était le seul peintre, après Gauguin, à montrer dans la lumière tropicale l'intensité de la vie, mais qui ne pouvait se perpétuer que dans l'obscurité, l'éclat des formes sur fond de mutation permanente. Le mystère de la beauté de ce monde allait de pair avec le sentiment diffus d'un excès du visible, du tumulte de la couleur qui s'apaisait provisoirement en formes. Il avait depuis longtemps remarqué la prolifération de faux tableaux et pas uniquement de Gouwe, mais aussi des peintres qui avaient travaillé en Polynésie depuis une cinquantaine d'années. L'argent facile, l'absence de toute école d'art pour former le goût et la mémoire artistique des Polynésiens, un sens aigu du défi, contribuaient à créer un brouillard épais autour des œuvres d'art. À propos des faux tableaux de Gouwe il affirmait : « L'imitateur ne peut traduire ce qui est l'âme même de la peinture de Gouwe : le combat de la lumière et de l'obscurité, du jaillissement et de la retenue, il ne peut qu'opter dans le meilleur des cas pour un perfectionnisme pointilleux, par des couleurs juxtaposées au lieu de montrer le dialogue conflictuel des couleurs ». Il rappelait que Gouwe avait volontairement brulé de nombreuses études sur le couchant de soleil à Fakarava et les levers de lune sur cet atoll. C'est au retour du séjour à Bora-Bora et dans l'atoll des Tuamotu que Gouwe avait détruit ces épreuves et arrêté pendant six mois de peindre. Ce geste d'abandon, qui n'était pas le seul dans la recherche picturale du peintre hollandais, montrait l'extrême difficulté ressentie par le peintre à rivaliser avec la lumière solaire, avec ses éclats et ses retraits. Là ou l'artiste s'était arrêté, signifiant que l'œuvre d'art est faite d'échecs et de réussites, d'illuminations et d'impasses dans sa quête du sens fugitif de l'apparition des choses, la nature non-artiste ne voyait qu'un chemin de promenade sans aspérités, un objet de spéculation mercantile dont il fallait tout conserver sans véritablement rien comprendre.

Gilles Artur lisait régulièrement les écrits de Simone Weil et notamment *La Pesanteur et la Grâce*. Cette double composante de la foi chrétienne et de la passion pour l'art, Gilles Artur la résumait dans la phrase de Van Gogh qu'il aimait citer souvent : «les peintres nous apprennent à regarder» en y ajoutant une correction de taille «mais pas uniquement à regarder : ils nous apprennent à être». Ces remarques n'étaient peut-être pas originales, mais elles étaient absolument justes. Après le déjeuner, Gilles était allé chercher un tableau de Gouwe dans la réserve du musée, un grand panneau tout en hauteur qui représentait un pêcheur dans le lagon. Il était à l'affut, le harpon à la main, derrière lui s'ouvraient les montagnes foisonnantes de leur végétation colorée, devant lui s'étalait l'écrin du lagon avec ses graduations de nuances délicates dans les tons dominants de violet et de mauve. Toutes ces couleurs étaient saturées de lumière, comme toujours dans le paysage polynésien après le court intervalle de la lumière reposée du matin et le corps du pêcheur prenait la nuance du rouge foncé au soleil. Une branche d'arbre à gauche venait encadrer la scène et augmenter la verticalité du sujet.

Comme la série des «porteurs de *feï*», sujet fidèle de la méditation picturale de Gouwe, le peintre arrivait à montrer dans ce tableau la profonde unité du travail et du jeu dans le monde polynésien, cet équilibre entre l'homme et l'environnement qui avait été, depuis la découverte, un des thèmes majeurs de fascination de la Polynésie de la part du monde occidental. Il y avait là, comme dans d'autres panneaux-portraits, l'évidente intention de créer un art monumental, de grands décors pour fixer les formes de vie qui disparaissaient. Depuis les années 40 et l'arrivée de la technologie à Bora-Bora, le processus de transformation du monde traditionnel polynésien avait commencé, s'accélérant avec le tourisme naissant et le bond des années 60 avec la construction du CEP et de l'aéroport international. L'équilibre millénaire était en train de profondément changer et la peinture de Gouwe jouait le rôle de témoin d'un monde en mutation, d'une prise de congé des formes de vie qui étaient restées jusque-là sous le signe de l'équilibre.

Guy était rentré chez lui dans la nouvelle maison de la Pointe des Pêcheurs. Dans la nuit le téléphone avait sonné à plusieurs reprises, sans qu'aucune voix ne réponde au bout du fil. Dans la nuit noire de la nouvelle lune, on entendait le concert incessant des grillons, interrompu parfois par le bruit mat des noix de coco et des mangues qui tombaient sur le sol, tandis que deux silhouettes se faufilaient parmi les arbres. Le lendemain, pendant qu'il descendait la pente rapide qui menait de la ville au district de Punaauia et qui s'ouvrait comme un rideau de scène sur Moorea l'île d'en face, brusquement il s'aperçut que la pédale des freins touchait le plancher. Un engin de terrassement était au milieu de la chaussée, la deux-chevaux se déporta sur la gauche, heureusement aucune voiture ne venait en face. À force de jouer sur le levier des vitesses et le frein à main, il put ralentir la course de la voiture et rentrer dans le jardin de la maison, il lui fallut plusieurs verres pour retrouver le calme, regarder la haie de bougainvilliers à la palette variée et réaliser qu'il ne l'avait jamais vue avec autant de netteté et de densité.

Quelques jours après, il embarqua sur le Taporo, le cargo qui après une nuit de voyage menait à Raiatea, l'île qui était devenue pour Gouwe son lieu de vie pendant plus de trente ans. Le peintre était arrivé à Tahiti en 1927, il avait vraisemblablement confondu la Polynésie avec les anciennes colonies hollandaises de l'Indonésie; assez rapidement, il s'était remis de la bévue et commencé, à plus de cinquante ans, sa nouvelle vie sous les

Tropiques. Après quelques mois passés à Tahiti, il s'était installé à Raiatea, à l'hôtel Hinano.

Le gérant Fontana avait été figurant dans le film *Tabou* de Murnau, bon parleur il avait gardé son accent italien et animait les soirées à l'hôtel avec sa voix de ténor qui amusait beaucoup Gouwe. Il lui avait dit «vous êtes artiste, ici les artistes ne paient pas» et pendant quelques mois il avait aidé le peintre à démarrer son séjour à Raiatea qui s'était installé ensuite à Avera, à une dizaine de kilomètres d'Uturoa, la capitale sans charmes particuliers de l'île, dans un *fare* sobre sur pilotis où dans l'unique pièce se trouvait le lit spartiate en fer, la cuisine et l'atelier avec les tableaux tournés vers le mur, d'autres sur des chevalets faits de bois de *aito*, le bois de l'arbre de fer dur et noueux. La maisonnette en bois au toit de pandanus, avec des vitres ouvertes au grand sud, se trouvait à côté d'un petit *marae*, un temple familial de l'ancienne religion en face de l'île de Huahine.

L'emplacement mettait Gouwe à l'abri de la curiosité des habitants, son travail se trouvait ménagé par la crainte superstitieuse, qui imputait la lèpre ou l'éléphantiasis aux imprudents qui osaient s'approcher du *marae*. Il accueillait avec plaisir Teiho, le vieux pêcheur qui lui apportait régulièrement de petits *ature*, vrai régals crus arrosés de citron vert et qui partageait ensuite le verre de vin avec Gouwe. Sa petite fille Miri venait de temps en temps avec des *taro*, des morceaux de fruits de l'arbre à pain, du manioc, elle regardait le peintre travailler avec ses yeux noirs écarquillés qui faisaient la joie du peintre. Très souvent il peignait en pensant à ces bien grands yeux, à cette stupeur devant les choses que manifestait l'enfance. Lorsqu'il survint la crise qui avait failli interrompre l'activité picturale de Gouwe, les yeux de Miri sauvèrent son travail.

Il menait une vie absolument frugale, sans histoires, entièrement consacrée à la peinture. Il peignait de nombreux portraits de colons, de jeunes filles et de garçons tahitiens, des sous-bois de l'intérieur de l'île et des marines, sous le charme et souvent sous l'effroi de l'émerveillement lumineux de la nature polynésienne. La petite rivière qui traversait la propriété possédait un dénivelé qui donnait un bruissement de fraîcheur au silence. Il entretenait avec une attention de moine un rosier qu'il avait reçu d'un ami californien, fleur rare et plus précieuse que les orgueilleuses orchidées. Il était l'invité fidèle des repas du dimanche dans le domaine de Vairai dont Yves Sanquer était le fermier. Silencieux lorsqu'il y avait beaucoup de convives, prolixe lorsqu'il se retrouvait en petit comité avec un verre de vin toujours bien rempli qu'Yves lui servait du galon, il délaissait le poisson cru qui était devenu sa nourriture quotidienne pour les pinceaux qui n'étaient jamais très loin. Souvent, il quittait la table sans dire un mot, s'installait devant son tableau et peignait les cochons noirs, les coqs aux plumes bariolées et les zébus qui avaient été introduits récemment sur la propriété et qui apportaient une note exotique à ce paysage.

Guy avait pris rendez-vous avec le marchand attitré de Gouwe qui s'était retiré des affaires et habitait sur la côte ouest de l'île. C'est lui qui en décembre 1965 avait procédé à l'expertise des tableaux de l'atelier du peintre après sa mort. Les dernières années, la santé de Gouwe s'était détériorée, il avait subi en 1956 une opération des yeux, et peu à peu la nuit était descendue sur lui. Plus sa vue perdait le contact avec le monde extérieur, plus le peintre tournait un regard clairvoyant sur son espace intérieur, en reprenant des épreuves anciennes, saturant ses couleurs pour saisir un dernier éclat du monde qui s'obscurcissait. Les derniers portraits témoignaient de ce combat avec la nuit, les traits du visage chargés de couleurs qui les rendaient méconnaissables et s'enfonçaient dans les ténèbres. «Ce sont ces épreuves, expliquait le marchand, qui ont circulé et sont devenues matière à spéculation». Dans la pénombre de la pièce, il regardait Guy avec des petits yeux qui contrastaient avec son long visage osseux et un sourire narquois. Il avait des mains fines et agiles, qu'il ne cessait de faire danser devant son visage ; il ouvrit un tiroir de son bureau et il en sortit un timbre en caoutchouc. «Voyez-vous, dit-il, il avait beaucoup de confiance en moi et il m'avait demandé de confectionner ce timbre avec sa signature pour l'apposer sur les anciennes épreuves qu'il n'arrivait plus à signer».

Guy prit congé du marchand pour visiter le site d'Avera où habitait Gouwe, mais la maison avait disparu, ainsi que le petit *marae*. Un promoteur immobilier local, métisse au nom bien anglo-saxon qui se voulait également expert en traditions polynésiennes, avait utilisé les pierres du *marae* pour la construction d'un remblai. Il avait créé le Comité Raromatai pour la Défense et l'Illustration de l'Identité Autochtone (CRADIA) dont il était le Président, sa femme s'occupait du secrétariat et son fils était le trésorier de l'association qui recevait les subventions que le Conseil culturel de la Communauté européenne, présidé par l'illustre écrivain suédois Ericsson, attribuait généreusement aux peuples qui avaient subi l'impérialisme culturel de l'Occident. Yvon, vieil instituteur à la retraite, passait son temps à classer des centaines d'herminettes que les dragues du promoteur portaient à la lumière dans de nombreux chantiers de l'île. Il classait, rangeait, cataloguait les précieux objets dans de grands meubles en acier ; l'année d'après, il les ressortait et leur changeait de place, avant d'envoyer les clichés photographiques au Conseil culturel. La plupart du temps ils retrouvaient leur statut primitif de cailloux dans la rivière voisine.

Dans une lettre envoyée dans les années 40 à son marchand d'Amsterdam, Gouwe confiait son étonnement devant le fait que la plupart des tombes construites par les Tahitiens non loin de la maison d'habitation étaient tournées vers l'est, saluant l'arrivée de l'aube, tout empreinte de douceur qui contraste avec la brusque irruption de la nuit tropicale. Il manifestait ainsi « sa joie d'avoir compris que même la mort attendait encore l'annonce de la lumière ». Gouwe était revenu à Tahiti deux ans avant sa mort et il habitait le quartier de Titioro, en compagnie du violoniste Gérard Müller, grand amateur de musique et qui possédait une somptueuse voiture américaine décatie, dans laquelle il transportait les tableaux du peintre et qui servait de maison aux nombreux chats du quartier. Gouwe était devenu l'objet des plus grandes attentions de la part de certains collectionneurs d'art, depuis qu'un marchand américain avait acheté tous ses tableaux le jour du vernissage de sa dernière exposition.

Il mourut dans sa maison-atelier de Titioro, en 1965 quelques jours avant Noël. La veille, il avait demandé à sa bonne Maïté de lui confectionner un bouquet de fleurs du jardin. Il était resté tout l'après-midi en contemplation devant ces fleurs avec ses lunettes noires qui ne le quittaient plus.

.

# Les formes des nuages

« Eh ! qu'aimes-tu donc, extraordinaire étranger ?

- J'aime les nuages... les nuages qui passent... là-bas.
Les merveilleux nuages. »

Baudelaire, *l'étranger*

Le rocher sombre et austère de l'arête sud du mont Teuraafatui témoigne du feu volcanique qui a donné naissance à l'île de Maupiti. Sorte de vaisseau végétal et minéral, modelé par la pluie et le vent comme un groupe statuaire aux multiples visages, il dirige son étrave vers la passe dangereuse d'Onoiau au sud de l'île, tandis que les visages sont tournés vers l'intérieur de l'île, gardiens figés des mythes défunts, hostiles à toute approche. Le peintre Gouwe s'était arrêté quelque temps à Maupiti chez l'écrivain Ropiteau, avant de poursuivre son voyage vers Fakarava, dans l'ouest des Tuamotu. André Ropiteau était né en Bourgogne d'une ancienne famille de vignerons, il avait découvert la Polynésie à la fin des années 20 lors de son voyage en Asie, au Tibet et dans les îles d'Océanie, et fait de Maupiti son île d'élection, alternant des voyages réguliers en France et des retours dans cette île du bout du monde, seul blanc parmi la petite communauté indigène. Il habitait une maison construite avec des matériaux locaux, case avec le toit de pandanus et les murs de bambous tressés. L'intérieur était éclairé par une douce lumière tamisée par les stores végétaux, un divan aux tifaifai colorés et de grands tapis en pandanus ; peu de livres dans le meuble-bibliothèque, mais ses précieux *Carnets du voyageur*, dans lesquels il déposait ses impressions des îles. C'était dans son appartement parisien rue de l'Abbé-Grégoire de trois pièces où il avait reconstitué le monde océanien qui lui était si nécessaire, que Ropiteau avait rassemblé une bibliothèque d'environ deux mille publications concernant la Polynésie. Il avait également enregistré sur les cylindres en cire d'un appareil Edison des chants et des musiques tahitiennes.

En entrant dans l'appartement, on était accueillis par trois tableaux de l'ami Gouwe, dont le portrait de l'écrivain que le peintre avait peint en 1934. Son dernier départ pour la France eut lieu en juillet 1938, mobilisé en 39, le 20 juin 1940 il fut frappé par les éclats d'un obus allemand devant Toul, quatre jours avant l'armistice. Quelque temps avant son départ de Maupiti, il écrivait au peintre : « *Mon bonheur d'évasion océanienne m'enchante plus que jamais. Donc j'oublie beaucoup des autres et de moi-même dans le mirage océanien, où je vis comme en rêve. C'est la dérive au bord des lagons calmes, à l'ombre de palmes, sous la caresse d'une brise molle. Ou bien, si des éléments contraires viennent jeter quelque ombre passagère sur mon tableau idéal (légers troubles du ciel ou des hommes ; comme cela se trouve partout au monde), je ferme à demi les yeux et les oreilles, et c'est l'engourdissement dans la philosophie maorie, d'acceptation facile, d'insouciance profonde* ». L'« engourdissement » des mers du Sud ne va pas, chez André Ropiteau comme chez Adriaan Herman Gouwe, sans la composante de lucidité profonde par rapport au monde océanien. Même s'ils se nourrissaient en Polynésie de poisson cru et s'habillaient souvent avec le pareo, ils gardaient l'exigence du regard critique sur les îles qu'ils aimaient. Leur amitié consistait d'abord dans le partage commun d'une sobriété des mœurs, d'une plénitude morale et physique qui leur permettait d'utiliser l'énergie pour le travail de création.

Ils partageaient la conviction que pour comprendre le monde étranger il fallait le recréer par l'œuvre d'art, par l'écriture. L'exotisme était pour eux l'ouverture inconditionnelle au mystère de l'autre, à l'énigme de l'art qui le manifestait. Leurs séjours respectifs dans îles de Raiatea et de Maupiti les empêchaient de succomber à la rivalité mimétique si présente dans l'existence insulaire, ils étaient des solitaires sans pour autant être des isolés. Le peintre et l'écrivain avaient passé une semaine de discussions amicales dans la case de Ropiteau, non loin de la passe, en mars 1936, dans cette île qui fait la transition entre l'archipel Sous -le-vent, les îles hautes, et le paysage bien particulier des îles basses des Tuamotu, écrins merveilleux et fragiles posés sur l'Océan.

*Écrivain : Voilà que ce nuage a modifié en tout et pour toute la couleur de la mer, la voici mauve elle qui, il y a quelques minutes, était d'un bleu profond. Elle a une couleur comme la symphonie du mahi mahi à l'approche de la mort, on ne peut décider si c'est du vert ou du violet, du bleu puisque le reflet a pris une teinte rose ou jaune. Dans peu de temps, les écailles luisantes sous le soleil blesseront à nouveau nos yeux. Comment parler de la mer, de son apparition si changeante ? Impossible de dire si c'est vert ou violet, impossible de retenir d'elle une image complète et stable. La pluie qui arrive crée un espace continu entre le ciel et la mer, un double miroir sans limites, sans frontière, la seule présence constante et sûre est la voix du récif. J'essaie quant à moi d'écrire en écho de cette voix.*

*Peintre : La mer se manifeste par elle-même et le peintre lutte contre la fascination du vide, il est le gardien de la limite du visible pour que la nature ne se confonde pas avec le chaos iridescent. Muni de lunettes de plongée, j'avais pour la première fois de ma vie mis la tête dans l'eau du lagon de Raiatea, et dans la transparence de l'élément liquide des poissons multicolores passaient devant mes yeux éblouis, pendant que les rochers coralliens construisaient une architecture faite de joyaux étranges et parfaits. D'autres formes animales et végétales jouaient la symphonie de couleurs plus loin, là où l'éclat des diamants faisait place à un indigo profond. La lumière de la Polynésie est une lumière insolente, impossible de reproduire telle quelle et je voudrais monter jusqu'au ciel, les pinceaux à la main, pour peindre les nuages.*

Écrivain : Nous devons éviter, nous les écrivains et les peintres, la tentation du mépris, qui consiste à dire : « nous nous sommes trompés sur le monde, sur la beauté, sur l'amitié », rejetant la merveille de l'apparition au rang de la tromperie, attribuant à l'artiste l'initiative de rivaliser avec le pinceau de la nature. Le jour n'a pas les couleurs qui lui offrent nos mains, l'homme n'y est pour rien. Regarde le phénomène des Gloires, qui entourent les nuages et se diffractent en rayons lumineux qui descendent, tel un escalier, jusqu'à la surface de la mer, et qui ne cessent de se multiplier lors de la saison des pluies. *Lorsque la peinture était encore sûre d'elle, de pouvoir traduire l'éclat du visible, comme chez Domenico Ghirlandaio, peintre de la Renaissance, la peinture entendait d'abord figurer le Christ en gloire, identifiant la peinture et le réel sous le signe du sacré. Nous n'en sommes plus là.*

*Peintre : La nature est ici surabondante, ce qui nous donne l'impression d'une oppressante beauté. Autrefois tout était plein de dieux et d'idoles, de temples aujourd'hui en ruine et disparus, effacés par le travail du temps. Le travail n'est peut-être pas le mot juste, le travail va de pair avec les temples et les idoles, les horreurs sacrées de l'histoire des hommes. D'ici la tentation de dire : à quoi bon rivaliser avec la nature, d'où le désir du moindre effort auquel invite le monde polynésien. Et pourtant que serait-elle cette merveilleuse et terrible nature sans la parole qui la nomme, sans la ligne qui la fait émerger et les couleurs qui l'exaltent ? Regarde la lumière du soleil qui revient et éclaire les tourbillons qui demeurent du passage de l'orage, regarde comme la falaise est encore envahie par les nuages mauves de la tempête, pendant que cet oiseau plane en équilibre et accordé à la violence des éléments. Je veux peindre* cet oiseau, si j'arrive à lui faire place il expliquera et la lumière et l'ombre. Ce qui entre en présence porte avec lui la nécessité d'être éprouvé comme s'épanouissant à partir de soi-même et non de la subjectivité de l'homme, dont l'artiste serait le modèle majeur. Cette épreuve d'un monde qui se donne à partir de soi avant toute pratique humaine est la leçon majeure qui nous est offerte par la Polynésie.

Écrivain : La présence du monde à partir de lui-même n'est possible que par l'œuvre qui allège la pesanteur et la lourdeur de l'être sur les phénomènes. Je me souviens du récit de Borges *L'immortel, où il raconte que les mortels désirent l'éternité, le paradis, tandis que les immortels en sont fatigués, « Tout chez les mortels a la valeur de l'irrécupérable et de l'aléatoire, tandis que chez les immortels rien ne peut arriver une seule fois, rien n'est précisément précaire »* et il concluait : *« Quand s'approche la fin, il ne reste plus d'images du souvenir, il ne reste plus que des mots... J'ai été Homère ; bientôt je serai personne, comme Ulysse ; bientôt je serai tout le monde : je serai mort »*.

# Les couleurs de Tubuai

À l'aéroport de Tubuai, le jeune homme était entouré de deux gendarmes, un troisième portait un cartable noir en cuir et le suivait de près. Il avait un visage hagard d'adolescent, la coupe de cheveux dégagée de la nuque et marchait à petits pas, presque sautillant comme entravé par une chaîne, les menottes étaient recouvertes d'une petite serviette bleue, apportée discrètement par le père qui s'était fait rabrouer pour ce geste et qui avait salué poliment les gendarmes, tête basse. Pour lui, ils étaient les représentants de la force, plus que de la loi, et il avait esquissé une tentative vaine pour embrasser Tihoti, les yeux embués, attendu le décollage de l'avion pur rejoindre sa femme assise les yeux baissés dans la voiture.

Tihoti et Georges étaient comme des frères jumeaux depuis leur plus tendre enfance. Ils habitaient deux maisons voisines, ils avaient fait ensemble les quatre cents coups, partagé en frères les mêmes amourettes, souffert ensemble de l'incompréhension des adultes. Le père de Georges, breton originaire de Landernau, était mort lorsque son fils avait douze ans. De retour d'Indochine il avait fait son service militaire aux îles Australes et il était revenu à Tubuai à la retraite. Il avait un don particulier pour la mécanique, savait dépanner toute machine et refaire des pièces compliquées avec le tour qu'il avait apporté dans ses bagages. Plutôt solitaire, passionné de livres de voyage, il racontait à Georges des pays lointains, plus vastes que la mer, avec des voies ferrées qui permettaient de passer de pays en pays sans que la route se termine. Il lui avait raconté de s'être enfui de chez lui, de la terre qui donnait à peine à manger à la famille nombreuse, d'avoir vagabondé sur les routes, dormi dans des granges, s'être embarqué à Marseille, vu le soleil se lever dans le bonheur des terres nouvelles. Georges écoutait ébahi ces mots étranges « s'enfuir de la maison «. Né et ayant vécu sur l'île, il pensait que l'ailleurs dont lui parlait son père ne devait pas être différent de Tubuai, plutôt un prolongement, avec des gens semblables en tout et pour tout aux cousins, aux amis du village. Un récit l'avait fortement marqué, celui du patrouilleur commandé par un lieutenant surnommé « le pirate «qui pendant des mois avait sillonné le Mékong pendant la guerre du Vietnam. Son père était le mécanicien de bord, leur vie se confondait avec le rythme du fleuve dont ils étaient devenus les maîtres, imposant leur loi aux populations indigènes du Sud Vietnam avec le canon et la mitrailleuse.

De ces années en Indochine, il avait gardé l'habitude de l'opium, qu'il arrivait à se procurer grâce au marchand chinois et qui l'avait rongé jusqu'à la mort. Il passait les derniers temps de sa vie sous le grand flamboyant qui étalait une neige rouge à ses pieds, des écailles écarlates qui blessaient le regard fatigué de l'homme. À la saison fraîche, l'arbre se débarrasse soudainement de ses fleurs et de ses feuilles, dévoilant une nudité noueuse, des racines tordues dans une étrange souffrance végétale. Presque sans transition, l'arbre se remet à fleurir avec des poussées rouges régulières qui blessaient à nouveau les yeux du vieil homme. Tout était beau, éclatant et prodigieusement triste.

Le grand-père maternel vivait à la maison, passait ses journées couché après avoir eu un accident lors d'une pêche sous-marine, attaqué par un requin qui lui avait déchiqueté la jambe. Il tenait une boite de bonbons à la main et la secouait pour attirer près de lui l'enfant «viens *aiu*, viens petit». Georges accourait à quatre pattes embrasser son grand-père qui mourut de gangrène un mois après l'accident. Sa mère s'était remariée avec un cousin violent qui battait la famille dès qu'il avait bu. Tihoti avait une famille nombreuse, très unie et solidaire et qu'il contribuait activement à nourrir par son habileté de pécheur. Le père faisait partie de la communauté des pasteurs protestants, qui gardait encore vivante la tradition des beaux parlers, d'une langue pleine d'images et de locutions anciennes que les jeunes gens ne comprenaient plus. Ils se retrouvaient au temple à l'occasion de fêtes et de cérémonies religieuses, occasions de faire preuve de leurs talents oratoires dans des joutes rhétoriques. Il avait éduqué Tihoti dans l'esprit de la Bible, mais le jeune homme s'était détourné vite de la religion des pères.

Georges venait souvent à la maison pour s'éloigner des disputes familiales, partir avec Tihoti dans les marais de l'île traquer les petits poissons d'eau douce. Ils étaient devenus tous les deux de bons pécheurs au fusil, essayant de dépasser les temps de plongée de l'ami, surveillant de près l'autre pour éviter tout accident. Ils sortaient régulièrement en haute mer, s'entrainer avec la pirogue polynésienne à balancier, effilée et rapide, et participaient ensemble aux compétitions de l'archipel. Ils s'étaient fait tatouer les mêmes motifs, ils avaient échangé leurs noms selon le rituel ancien du *tau'a*, ils étaient le modèle l'un pour l'autre, interchangeables. Le séjour de Georges à Papeete à la fin du collège lui avait appris l'usage du paka et des champignons hallucinogènes, qu'il s'était empressé de faire connaître à Tihoti. Les beuveries du vendredi soir qui se prolongeaient parfois tout le week-end commençaient à miner la belle unité par des disputes futiles, qui se terminaient par des pleurs et des réconciliations. Tihoti, une soirée de bringue, éméché, il avait démoli la voiture familiale contre un cocotier à ses yeux mal placé, comme l'enfant qui casse son jouet et en rend responsable celui qui le lui a donné. Ils faisaient pousser le cannabis dans des parcelles difficiles d'accès du mont Taita'a, avant de les envoyer à Papeete, chez un ami qui en faisait commerce. Georges avait trouvé un système original d'écouler le paka.

Il était devenu l'accompagnateur officiel des chorales protestantes qui, au mois de mai, allaient en grand nombre à Tahiti pour les rencontres communautaires, dont il fournissait également les couronnes. Il avait remplacé les feuilles de basilic local, le *miri*, qui entrait dans la composition des colliers et des couronnes, ainsi que les fougères, par des feuilles de paka. Le parfum était moins prononcé, mais plus rentable. Les gendarmes surveillaient les glacières, les bagages et les colis tandis que le cannabis s'étalait au grand jour dans les colliers fleuris et odorants. Il fallut le flair des chiens des gendarmes qui n'étaient pas sensibles au parfum soyeux du *tiare*, aux senteurs suaves du *tipanie* ou du *miri* poivré pour découvrir le pot aux roses. Lorsque Georges fut arrêté, Tihoti suivit l'ami à Papeete. Le jour du procès, une odeur de cannabis montait des couloirs du palais de justice, en vain les agents de sécurité avertis avaient essayé d'arrêter les fumeurs. Georges écopa de quelques mois de prison avec sursis et il fit retour à Tubuai. Pendant son absence, Tihoti était tombé amoureux de la jeune caissière du magasin chinois, jolie métisse sino-polynésienne qui ravivait et exaltait les deux sources. Il présenta la jeune fille à l'ami et bientôt ils devinrent tous les trois inséparables. Un soir, lors d'une bringue chez des amis, il surprit Georges qui embrassait la jeune fille ; le poing en pleine figure avait étonné Georges et la bagarre qui s'ensuivit fut rapide et brutale. Pendant quelque temps, l'amitié laissa place à la rivalité, jusqu'au jour où la jeune métisse partit à Tahiti avec un oncle chinois très riche, arrivé depuis quelques mois sur l'île. Les deux amis faisaient partie du groupe de danse et accueillaient les touristes du cargo mixte Tuha'a Pae qui desservait une fois ou deux par mois l'archipel. Pour l'inauguration du nouveau bateau, les propriétaires avaient fait les choses en grand, organisé une cérémonie des temps anciens avec la préparation du four tahitien dans lequel cuisaient une dizaine de cochons. Le *tahua* officiel présidait les cérémonies, notamment une marche du feu sur les pierres brulantes.

Sur la vaste esplanade, il avait procédé au rituel ancien frappant les cailloux avec les feuilles de *ati*, prononçant les mots sacrés qui chassaient les mauvais esprits et préparaient à la cérémonie dans laquelle les touristes traversaient pieds nus le brasier rougeoyant. Il avait d'abord demandé à l'assistance s'il y avait des descendants des familles royales polynésiennes, «à tout seigneur tout honneur», et qu'ils étaient invités à ouvrir la marche. Une conférencière spécialiste de la civilisation ancienne, ayant comme tout autochtone des gouttes d'aristocratie insulaire, s'avança. Les origines polynésiennes nobles étaient vraiment loin, difficilement prouvables, mais elle récitait savamment sa généalogie. Sa peau était bien pâle et son nom anglo-saxon trahissait l'apport d'horizons multiples. Le *tahua* renouvela l'invitation et un jeune canadien à l'accent québécois fit un pas en avant. Sommé de décliner ses titres de noblesse, il répondit «Chuis le roi des cons». La conférencière le foudroya du regard.

Les deux amis sortaient souvent à la pêche en haute mer avec le *poti marara* du père de Tihoti, taillé pour casser les vagues, pour la course aux dorades coryphènes, les mahi mahi. Dans l'étroite cabine tout à l'avant du bateau, le pilote conduit l'engin avec un manche à balai qui rend le bateau extrêmement sensible et évolutif dans la poursuite des poissons au corps fuselé, comme des lames d'acier bleu qui serpentent au ras des vagues. Le corps du mâle est trapu, avec une bosse sur le front, et la femelle a un corps effilé, plus fin que celui du compagnon. Les dorades coryphènes sont un exemple de fidélité de couple, ils évoluent toujours ensemble et lorsque l'un des deux est capturé, l'autre demeure à proximité et souvent il est pris à son tour. La pêche au mahi mahi s'apparente plutôt à une chasse à cheval sur l'étendue marine, au milieu des vagues que le bateau affronte et brise, dans la poursuite du poisson qui reste à la surface jusqu'à l'épuisement de ses forces au lieu de sonder comme d'autres créatures marines. À ce moment, la foène du pêcheur aux pointes acérées frappe la bête qui est récupérée à bord par un long filin. C'est alors que commence l'agonie où le corps du poisson passe du jaune brun au bleu nuit, avec des étoiles de pigmentation qui vont du rouge au vert, au noir. Une symphonie de couleurs semble célébrer l'événement mystérieux de la mort, les nageoires dorsales évoluent du bleu vert au bleu pâle, avant de prendre la coloration définitive jaunâtre et opaque.

Georges voulait partir pour le Vietnam, sillonner le Mékong avec une pirogue à voile. Il en parlait souvent à Tihoti qui était opposé à tout départ de l'île, par peur du changement des habitudes, par crainte de l'inconnu. Il était en cela bien Tahitien, qui écoutait, lors des traversées des amis ou des parents pour Papeete, résonner encore les anciens chants empreints d'une grande tristesse, vibrants dans des voix graves et remplies d'émotion, comme si tout départ portait avec lui la marque de l'adieu définitif.

Les deux amis avaient été invités à Tahiti par l'oncle paternel de Tihoti, à un grand *tamara*, repas de fête pour le retour de France de sa cousine. Les Tahitiens font preuve d'une remarquable puissance de travail lorsqu'il s'agit de préparer la fête. Tihoti et Georges avaient déblayé l'esplanade qui devait recevoir les nombreux convives, scié les cocotiers pour construire les poteaux qui allaient soutenir le hangar éphémère recouvert de palmes tressées de *niau* et de fleurs multicolores, débité les troncs sur lesquels on clouait les planches pour les bancs. Les piliers étaient savamment tressés de palmes, les frises faites avec les *auti*, des boules d'hibiscus étaient suspendues aux poutres et le plancher, les feuilles de palmes composaient un tapis végétal parfaitement tissé. Sur toute cette activité flottait le parfum sucré des couronnes de *tiare tahiti* qui ornaient le cou des hommes et les chevelures des femmes. Les longues tables étaient installées sous le hangar, recouvertes de feuilles de bananiers passées au feu, avec une profusion de poissons crus marinés dans le jus du *taporo tahiti*, petits citrons verts, acides et parfumés, du cochon et de poulets cuits dans le four en terre et le grand veau qui tournait lentement sur la broche surveillée par les jeunes gens qui épongeaient leur soif avec les canettes de bière. Les *uru*, les *taro* avaient été préparés au four en terre et côtoyaient le dessert préféré d'Hiriata, le *poe* fait de pâtes de fruits divers écrasées et cuites au four en terre dans de vastes plats en bois, mélangés avec le lait de coco. Les couverts en plastique, que le père d'Hiriata avait voulu étrenner pour honorer sa fille qui « vient de France », apportaient une note exotique. Avant la colonisation, la mer et la terre fournissaient ce qui suffisait largement à la reproduction de la vie générique, la nourriture, le logement et le peu de vêtements nécessaires.

Les familles s'occupaient de leur propre subsistance avec ses nombreux membres, plus proches de la société patriarcale et de la *gens* latine que de la famille occidentale. Lorsqu'il fallait un investissement supplémentaire pour la construction d'une bâtisse, pour un festin collectif, l'effort commun et le plaisir de l'émulation étaient là. Le bonheur du monde ancien consistait dans l'équilibre entre les besoins fort limités et leur satisfaction. L'arrivée des Blancs, avec de nouveaux besoins, de nouveaux objets, avait introduit la notion de travail, là où l'occupation du temps se faisait sous le signe du jeu. Cette dernière dimension avait fasciné les premiers voyageurs, comme le rêve d'un dimanche éternel où les choses ne changent point. Ce mirage avait poussé de nombreux Européens à s'installer en Polynésie, la plupart du temps profitant de l'insouciance vis-à-vis de la propriété de la part des Tahitiens, souvent terminant leur vie dans la déchéance, ne comprenant pas la logique bien différente du travail et du loisir de cette société.

Parmi les invités, il y avait aussi l'oncle Terii qui tenait une place d'honneur en tant que joueur de la guitare basse et chanteur du petit orchestre. Il avait des yeux vifs et fuyants, un permanent sourire ambigu, une remarquable voix de fausset. Il cherchait souvent les yeux d'Hiriata et la romance doucereuse « La joie de vivre, tout près de toi » semblait s'adresser tout particulièrement à la jeune femme, assortie d'un sourire enjoué parfaitement séducteur. Les chansons françaises que l'on chantait depuis des décennies, faisaient partie d'un répertoire fort ancien, déjà oublié en France : « Aimez-moi comme on aime une rose » ; « Rosalie elle est partie tout en claquant la porte » ; « Un jeune Napolitain, un beau soir, à Sorrente ». Comme les vieilles romances tahitiennes, ces chansons étaient devenues une composante du patrimoine national, revendiquées comme absolument authentiques et originaires. Les plaisanteries grivoises de la tablée tournaient comme d'habitude autour de la sexualité, fond ancien de la culture populaire qui a comme interlocuteur principal le grand corps de la réalité que l'on désire et que l'on craint, que l'on amadoue par le biais de l'ironie, pas toujours forcément espiègle.

Hiriata avait l'impression que les mêmes chansons, les mêmes répliques théâtrales relevaient d'un temps immobile, d'un éphémère durable lesté par la présence de l'ennui, vice implacable des communautés fermées. Bien avant la fin du repas, prétextant une forte migraine, elle s'était absentée allant se réfugier dans la lumière tamisée de sa chambre d'antan, avec les larmes qui inondaient l'oreiller aux grandes fleurs d'hibiscus. Elle se leva et dans le miroir de la grande commode elle découvrit un visage meurtri, enfermé dans la haine. «Elle est *fauru* ta fille, bien fière» dit l'oncle à son frère «elle ne sait plus faire la bringue, elle n'est plus comme nous».

C'était un samedi très tôt, avec la nuit perlée d'étoiles qui s'estompaient peu à peu à l'arrivée du jour lorsque Tihoti et Georges sortirent avec la pirogue pour une partie de pêche au fusil dans le tombant de la passe Rotea. Une longue coulée avait mis les deux jeunes gens au contact des requins repus de la chasse nocturne, des raies pastenagues au dard acéré, des poissons aux couleurs d'oiseaux exotiques. Ils fléchaient les poissons-perroquets, les sortaient rapidement dans la pirogue, les soustrayant aux requins qui commençaient leur danse attirés par le sang. Ils jouaient avec le danger, dans une sorte de défi d'adresse et de bonheur. Tout à coup un banc de carangues surgi des profondeurs monte vers la surface, Tihoti commence sa coulée souple et silencieuse dans la laque indigo de la passe, il vise une belle pièce un peu à l'écart du banc lorsque, avec la queue de l'œil, voit la flèche de Georges partir et frapper la tête du poisson. Georges remonte la carangue et se hisse à son tour dans la pirogue. Tihoti sort de l'eau et prend place sur le banc en face de l'ami qui a ôté sa combinaison de pêche et qui réchauffe au soleil sa peau dorée couverte de tatouages. Un sourire de plénitude heureuse éclaire son visage, la lame du couteau de pêche en pleine poitrine le transforme en rictus.

Le vent était tombé et la pirogue se berçait sur la houle de velours, la tache rouge hibiscus perlait sur la poitrine de

Georges, pendant que Tihoti, la figure hagarde, répétait «je l'ai piqué, je l'ai piqué». Le lien qui enserrait si fort leur amitié était parvenu à l'étrangler. Le soir venu, au père qui lui demandait des nouvelles de son ami, Tihoti avait répondu «Suis-je le gardien de Georges?» Le tribunal lui avait infligé quinze ans de réclusion à Nuutania, la prison infâme de Tahiti, et le jour du verdict il avait salué sa famille par la formule «pas de souci «. Un an après, il avait patiemment transformé une cuillère en poignard et il s'était transpercé le cœur.

# Dans le silence de la mer atone

Mais les Sirènes ont une arme plus terrible encore que leur chant : c'est leur silence. On peut imaginer, le fait ne s'est pas produit, mais il est concevable, que quelqu'un ait réchappé de leur chant; de leur silence certainement pas.

Kafka, *Le silence des Sirènes*

Depuis le départ de Tahiti, le ciel était d'un bleu insolent et le Pacifique ressemblait à un lac lumineux parfaitement poli sur lequel le bateau glissait, seul le bruit monotone des machines ridait à peine le silence. Dense et souple comme un énorme animal, la longue houle se gonflait et descendait lentement. Guy avait décidé d'aller aux Marquises à bord du cargo mixte Aranui, profitant de la croisière que le bateau offre aux voyageurs désireux de découvrir l'archipel, pour rendre visite à Hanna, l'ancienne compagne de Sergio Bonelli récemment disparu. Une revue anglaise lui avait demandé une série de portraits de femmes polynésiennes et la rencontre lors d'un dîner chez des amis de Papeete avec le couple de Tautira l'avait marqué par la présence si discrète et si affirmée de la femme marquisienne. Il avait trouvé le numéro de téléphone d'Hanna à Hatiheu, au nord de l'île de Nuku Hiva; elle avait répondu « viens quand tu veux ». Depuis un moment il cherchait l'occasion de partir de Papeete, de prendre de la distance avec son travail à la radio locale, mais surtout de se dégager de la nouvelle famille qui s'était installée chez lui. Lena avait tout juste vingt an et depuis quelques mois elle était mère d'un petit bout de chou bronzé et braillard. Elle avait une beauté souple et féline dans ses mouvements et une sorte de mollesse permanente dans le regard, elle passait pas mal de temps devant la télévision en compagnie de sa mère, matrone aux larges assises. Les séries américaines dessinaient sur leurs visages un sourire béat qui se prolongeait le reste de la journée et ce n'était pas plus mal.

La paternité de Guy n'était pas évidente et contrairement aux affirmations de Lena le petit n'avait pas la peau tavelée de taches de rousseur qui fleurissaient le visage de Guy, il avait un nez épaté qui rappelait plutôt celui du cousin Teiho qui passait souvent à l'appartement, épongeait les canettes de bière et s'absentait une partie de la journée avec Lena, « Teiho m'amuse ». Michel, le frère de Lena, contribuait vaillamment à vider les provisions. Imprévisible et violent il appelait Guy parfois « *brad* », frère, terme du langage-jeune hérité des bandes des grandes villes américaines, tantôt les yeux rougis par l'alcool et le paka il le brusquait violemment. Il avait amené ses deux enfants à la « maison de ma sœur », et apparemment il en avait mis un troisième en chantier. Le père de Lena, soumis et joyeux, venait le dimanche faire la prière et partager le *ma'a tahiti* de la famille. La mère de Lena préparait le repas de fête et se réservait la tête des poissons qu'elle dépiautait avec l'adresse d'un horloger et suçait longuement, répétant à chaque fois la même formule « Moi je préfère la tête «. Les lointaines origines paysannes de Guy, la petite bourgeoisie économe plus proche dans le temps, s'insurgeaient parfois contre ces largesses imposées, mais elles demeuraient en sourdine. Chaque jour il se disait que demain ça irait mieux, qu'en fait « il n'y a pas de problème «. C'était sa façon dérisoire d'affirmer son prestige *popa'ā* d'homme aisé et de cacher l'ennui de son existence, il n'avait pas les couilles pour mettre tous ces gens à la porte ou partir loin, retrouver les brumes du Rhône qui lui semblaient maintenant les antichambres du paradis. Il était snob, il pliait ses genoux devant la médiocrité, preuve d'une servitude d'autant plus lourde qu'elle se prenait pour une liberté absolue. La sienne était une lassitude morale qu'aucun climat ne pouvait vraisemblablement pas changer.

Sur l'Aranui, il avait fait connaissance de Khadafi, le grutier du cargo. Il portait ce surnom depuis que la légende l'affublait d'entreprises héroïques au sein du Front de la Libération de la Polynésie dans les années 70 et notamment l'entrainement dans des camps en Lybie. Malgré les tatouages sur le visage dignes d'un labyrinthe crétois qui lui donnaient un air farouche et sinistre, c'était un homme avenant et courtois qui aurait pu cueillir une fleur avec le bras de sa grue. Les anthropologues amateurs recherchaient en sa présence le *mana* des anciens guerriers marquisiens, la femme médecin de San Diego l'exotisme charnel polynésien et Khadafi se prêtait à la besogne sans rechigner. Hanna était venue l'accueillir à l'escale de Tahioae, la grande baie au sud de l'île, avec une couronne de fleurs, accompagnée par son chauffeur.

L'âge mûr ne semblait pas avoir porté atteinte à la brillance des cheveux d'ébène aux reflets bleutés, flottant sur ses épaules, à son humeur enjouée, à son profil hautain. Une certaine lourdeur pesait toutefois sur le personnage, mais le rythme de sa démarche transformait la lourdeur en souplesse et ses mains dessinaient un rituel d'envoûtement que Guy appréciait chez les femmes polynésiennes. Ils firent une halte au marché aux légumes et Guy découvrit avec surprise des statues récentes taillées dans la pierre de lave rouge. Le style de taille était celui traditionnel de la statuaire des Marquises tout en lignes géométriques, corps trapu et les jambes fléchies, tête immense aux yeux ronds et bouche ouverte comme dans un rictus, mais le sujet représentait une mère qui enlaçait l'enfant et qui possédait lui aussi les traits du *tiki* traditionnel.

C'était une version très contemporaine de la Maternité, dans laquelle l'artiste marquisien associait les deux horizons culturels qui ont marqué l'histoire de l'archipel : la tradition religieuse ancienne et le christianisme. Le *tiki* figure l'ancêtre divinisé et selon toute vraisemblance sacrifié. Divinisé *parce que* sacrifié, le tiki commémore les bienfaits que le sacrifice a apportés à la communauté, il célèbre la logique sacrificielle au cœur de l'ancienne civilisation des Marquises. L'artisanat local a, depuis des années, mis au centre de sa production la fabrication de ce type de sculpture, la plupart du temps imitation de sa propre tradition, mais devenue mystérieuse et incompréhensible. La Maternité christique représente un tout autre rapport des humains entre eux, et notamment elle évoque l'image clé de l'amour maternel et de la compassion, figuration tout à fait inédite et impertinente dans l'ancien monde marquisien. Les sculpteurs ont procédé à une synthèse figurative de deux horizons, montrant avec pertinence la continuité du monde traditionnel et les apports du nouveau monde. La leçon de Gauguin était encore une fois à l'œuvre.

La voiture tout-terrain se dirigea vers la baie de Hatiheu, entourée de pitons de basalte, séjour choisi par Robert Louis Stevenson dans son voyage dans les mers du Sud. Le sentier de verdure sans clôture conduisait à la maison de style colonial en bois, des vases avec des grappes de roses de Noël encadraient la porte d'entrée, avec trois marches d'accès. Les haillons déchiquetés des feuilles de bananiers luisaient après l'orage et donnaient accès au *faa'pu*, au jardin potager que la dame entretenait avec soin. Près de la terrasse de l'entrée s'étalait un laurier-rose en fleurs. La maison était composée d'une seule grande pièce, avec à l'arrière une petite pièce qui servait de chambre à coucher. Le *fare pote*, la cuisine, se trouvait à l'extérieur, derrière la maison, près de la table en *maru maru* sur la terrasse. Le chalet au toit en pente au fond du jardin était destiné au factotum, Cerdan y Martinez, personnage romanesque des mers du Sud. Il avait été garçon de cirque dans le sud de l'Italie, fait partie de la Légion étrangère en Afrique du Nord, rencontré une baronne dans le sud de la France dont il gardait le portrait, comme une relique de sainte.

Génie de la récupération, avec le bois mort que la mer charriait dans la baie il avait fabriqué des tables, des chaises, des étagères dont la valeur d'usage primait le souci esthétique. Hanna avait installé dans le salon un meuble imposant, sorte de temple des lares, des dieux familiers. Une coupe en forme de temple étrusque occupait la partie supérieure, dans la partie médiane se trouvait la cloche en verre de Venise sous la neige. Sergio Bonelli avait eu un sourire plein de tendresse lorsque Hanna avait acheté le bibelot à Murano. Dans la partie inférieure de l'étagère se trouvaient les photos des parents et des sœurs morts, du mari marquisien disparu en mer, barrées par un bandeau noir comme dans les portraits des défunts de l'Europe du Sud. Sur le grand plateau étaient posés des coquillages, des bracelets en coco, des *penu* en pierre. Une composition avec des petits coquillages en tresses minuscules était suspendue en festons au plafond. Les pères Noël tous en rouge montaient en cordée sur un grand tiki que l'ami Maté, sculpteur de Ua Pou lui avait offert, des festons dorés en plastique avec les écriteaux « bonne année » surplombaient un arbre de Noël miniature avec les loupiottes allumées. Ils étaient là depuis Noël dernier, « ça nous évitera de les installer dans quelques mois ». Sur les murs étaient exposées des jupes en moré, des mâchoires de requins, jaunies par le soleil envahissant, salies par les crottes des geckos, maculées par les coulures des abeilles maçonnes. Les fauteuils d'osier peints en blanc nacré prenaient avec la couleur du couchant la douceur austère des porcelaines orientales, les lanternes chinoises étaient suspendues aux solives du plafond au centre des colliers de coquillages.

Au-dessus du meuble, un tableau attirait l'attention. Sergio était venu lui rendre visite quelques années auparavant, apportant avec lui la *Vue d'Agrigente* de Nicolas de Staël, tableau de 1954 avec le carré rouge au centre de la composition d'où partent des couleurs jaune citron et ocre des champs, le violet de la mer, le ciel vert strié des griffes jaune de Naples. «On ne peint jamais ce qu'on croit voir, on peint à mille vibrations le coup reçu, à recevoir» avait écrit de Staël à l'ami Lecuire, pour traduire le choc de la rencontre avec la lumière de Sicile. Le tableau commençait à cumuler les crottes des lézards. Sergio avait passé la nuit à regarder Hanna endormie, fasciné par la femme qui était véritablement ailleurs dans le sommeil, dans cet espace protecteur et séparé. Hanna, qui avait espéré retrouver les caresses de l'époque où le désir existait encore, l'avait accompagné le lendemain à l'aéroport. Autrefois, elle avait présidé des dîners d'apparat, dans la maison que Sergio possédait à Rome dans le quartier de Campo de' Fiori, absolument à l'aise en compagnie de ministres, de chefs d'entreprise, d'artistes, heureuse dans les mondanités que la ville offrait généreusement aux riches habitants. Maintenant le *faa'pu*, le potager tropical, occupait ses journées ; elle avait la stupéfiante faculté d'adaptation des femmes polynésiennes. Deux ans auparavant, le fils de Sergio était venu lui rendre visite, la haine vis-à-vis du père depuis longtemps s'était transformée en mélancolie, il cherchait des traces des chemins qu'ils n'avaient pas su parcourir ensemble.

Les rochers de basalte qui entourent la baie d'Hatiheu sont travaillés par l'usure des éléments et du temps, qui ont construit des pinacles et des toits de pagodes birmanes. Nous ne sommes pas aux Marquises en présence du « silence volumineux d'où se lève un monde » qui caractérise l'espace méditerranéen pour Albert Camus, mais d'un monde où la puissance du visible assourdit les rares bruits qui se font entendre, piaillement étouffé des oiseaux, vent qui s'assoupit dans la végétation. Ici règne un monde hors d'atteinte, privé de voix et qui efface en permanence ses propres traces. Au sommet d'une des aiguilles du mont Teheu qui domine le village, une statue de la Vierge est érigée, éclatante de blancheur et qui offre un contraste saisissant avec la couleur sombre du basalte des rochers. Taillée dans le bois de l'arbre à pain et recouverte de chaux, la statue se dresse sur le piton depuis 1872 et prend en vue l'ensemble des aiguilles rocheuses qui composent un paysage grandiose et fascinant. La statue de la Vierge a été hissée sur ce sommet pour arrêter, selon les témoignages des anciens habitants de la baie, « la chute des pierres ». Selon le récit de la voisine d'Hanna, vieille Marquisienne aux quenottes bien blanches, aux tatouages sur le visage parcheminé de rides et fripé qu'avec l'âge virait au bleu délavé lui donnant l'air d'une poterie chinoise ancienne, la chute était particulièrement violente sur l'une des maisons, un peu à l'écart du village, habitée par un vieillard boiteux et borgne. Vraisemblablement la chute des pierres ne relevait pas uniquement d'un phénomène naturel et des lois de la pesanteur, elle ne dépendait pas d'abord du ravinement, mais elle était le symbole mémoriel des pierres destinées à assommer la victime sacrificielle.

Comme dans toutes les religions ancestrales, le sacrifice apportait la paix dans la communauté traversée par les conflits, elle transformait ensuite la victime en preuve bienfaisante de la nécessité de la violence pour apaiser la violence. Le site archéologique d'Hatiheu était l'un des plus importants des Marquises et Guy était allé se promener le jour de la visite, deux semaines après son arrivée, avec les guides et les touristes de l'*Aranui*. Le gigantesque banian se dressait sur une plateforme que les archéologues avaient restaurée quelques années auparavant, avec l'ensemble du site imposant qui servait autrefois de lieu rituel pour des célébrations communautaires. Les racines enchevêtrées de l'arbre couvraient une fosse profonde de quatre à cinq mètres, grand trou qui servait de garde-manger dans lequel les anciennes tribus de l'île conservaient les prisonniers de guerre, femmes et enfants destinés aux sacrifices et au repas cannibale. La charmante jeune guide locale expliquait aux touristes qu'il s'agissait là d'une « poubelle écoculturelle » dans laquelle les anciens Marquisiens collectaient les déchets sacrés des rois, rognures d'ongles, cheveux, etc., qui ne devaient pas être touchés par les profanes. En conformité avec les thèses de l'anthropologie postcoloniale pour laquelle il est fort improbable qu'il y ait eu du cannibalisme aux Marquises, pas de sacrifices non plus et que les massues étaient des outils pour chasser les moustiques envahissants, la jeune guide avait mis la réalité en conformité avec les nouvelles thèses anthropologiques qui jamais n'auraient associé les colliers odorants de fleurs de tiare ornant le buste transi de sueur des prêtres-sacrificateurs au goût douceâtre du sang.

En descendant du site, Guy se dirigea vers la petite baie au pied des pitons rocheux. La baie était un parfait demi-cercle et au couchant flamboyant la vallée prenait les teints d'émeraude et de cuivre, pendant qu'une plénitude silencieuse, une oppressante beauté s'étalaient sur les lieux. Les nuages qui se rassemblent autour des pics escarpés donnaient une tonalité obscure au vert intense de la végétation, la même qui informe toute la peinture de Gauguin aux Marquises. À proximité de l'équateur, le soleil qui tombe presque à la verticale sur les visages et les choses, crée une zone d'obscurité, une lumière sombre des fourrés et des paysages marquisiens, un bleu froid des cimes, d'où la tonalité particulière que Gauguin a si bien saisie, donnant une note de tristesse à sa peinture, si différente de l'éclat des couleurs de sa dernière période de Tahiti à Punaauia.

Il avait pris congé d'Hanna et décidé de rentrer à Papeete par le chemin des écoliers, en prolongeant avec l'*Aranui* la visite des autres îles de l'archipel. Le cargo s'était arrêté à Ua Huka que Guy avait déjà visité cinq ans auparavant, invité par le maire de l'époque pour un reportage sur le Jardin botanique. Dans ce jardin Léon Lichtlé et ses administrés avaient acclimaté des espèces provenant de différentes régions du monde : des orangers de Corse, de mandariniers de Ceylan, des pêchers d'Afrique, des goyaviers de Birmanie. Un épanouissement de fruits et une symphonie de couleurs accueillaient le visiteur. La sécheresse qui frappait depuis quelques mois les Marquises donnait maintenant à la végétation une couleur uniforme qui tendait vers l'ocre, les feuilles recroquevillées dans un ultime geste de protection côtoyaient les jeunes pousses desséchées. La nouvelle municipalité n'avait pas cru bon poursuivre le travail de l'ancienne « parce que c'est lui, parce que c'est moi », ne remplaçant pas les tuyaux d'irrigation défectueux, ne chassant pas les fourmis qui s'installaient au pied des arbres fruitiers, laissant la redoutable nature polynésienne reprendre ses droits. Le sentiment de désolation provenait des traces du travail de l'homme interrompu, d'une absence de « culture » dans le sens originaire de *colere*, d'entretien des choses et souci de la fragilité des œuvres humaines. On avait l'impression de se trouver devant les ruines des églises de campagne envahies par les ronces, devant les pierres des édifices religieux des civilisations anciennes, *marae* polynésiens ou temples d'Angkor, vestiges de l'ancienne ville romaine de Tipasa. Dans la maisonnette en bois qui servait de musée, l'ancienne municipalité avait rassemblé des panneaux et des planches de bois avec les espèces indigènes et les espèces importées. Les panneaux explicatifs étaient tombés comme des pierres tombales sur lesquelles s'efface la mémoire des noms. Là où les botanistes du monde entier venaient observer la faculté d'acclimatation d'espèces variées sous le climat tropical, le travail de greffe des cultures diverses, désormais n'existait que le silence inquiétant du vent dans les épines métalliques des *aito*. Des explications sur le budget insuffisant, d'autres plus tortueuses parce que « culturelles » sur « les habitudes des Polynésiens à laisser l'initiative à la nature », tenaient lieu de la *cura*, de l'entretien, de l'attention et du legs. En absence de travail recommencé, jour après jour, tout est ruine.

A Hiva Oa, il était allé visiter le Centre culturel Paul-Gauguin, inauguré en 2003 lors du centenaire de la mort du peintre. La municipalité avait fait reconstruire la « Maison du jouir », rassemblant, dans un autre *fare* à plusieurs pièces, la documentation sur la peinture de Gauguin en Polynésie. Les tableaux étaient des copies pas toujours heureuses et le choix un peu disparate, cependant l'effort était réel. Dans le cargo, il avait fait connaissance d'un nobliau bordelais qui allait passer quelques semaines à Hiva Oa, avec un vague projet d'installer une vigne écologique et de produire du vin. Il avait fait le voyage de noces une quarantaine d'années auparavant, et dans l'unique hôtel de l'île il avait connu les frissons érotiques entre deux portes avec une jolie femme de ménage marquisienne qui, comme souvent chez les jeunes filles des îles, se faisait un plaisir de « voler l'amour » aux femmes *popa'ā*, d'utiliser les attraits locaux dans des joutes de rivalité amoureuse. Catholique fervent, de retour en France le jeune bordelais avait nourri son jardin secret de tous les rêves du lointain, de l'interdit, du souvenir. Sa femme était morte au bout de trente ans de mariage et il avait décidé de partir aux Marquises et de rencontrer l'amour exotique de sa vie. Après de longues recherches, il avait eu une adresse approximative de la dame qui habitait à Puamau, une baie au nord-est de l'île, célèbre pour ses statues en pierre. Il l'avait reconnue au sourire enjoué qui éclairait son visage, son corps était alourdi par la nourriture riche des insulaires, par les *taro* et la pâte fermentée du fruit de l'arbre à pain, la *popoi*. C'était bien elle qui travaillait à l'hôtel il y a longtemps, maintenant elle avait plusieurs enfants et des petits-enfants qui gambadaient dans la cour avec une nichée de chiots. Elle ne se souvenait pas de lui, dommage parce qu'il était «bel homme «, ni des rideaux jaunes en *tapa* qui tamisaient la lumière de la chambre d'hôtel, pas plus que du coquillage rose largement ouvert sur la commode, dommage tout ça ne lui disait rien. Il était reparti plein de tristesse et depuis ce jour il faisait régulièrement le pèlerinage à Hiva Oa, à la recherche des souvenirs qui commençaient à s'estomper doucement.

L'*Aranui* s'était arrêté ensuite à Ua Pou, que l'on aperçoit de loin avec ses colonnes de basalte qui dominent la baie principale da Hakahau. L'île connaissait une grande sécheresse depuis des mois, et les buissons d'acacias rabougris, d'une couleur grisâtre, donnaient au paysage une sensation de désert végétal cotonneux ; les crêtes des falaises comme d'énormes lézards endormis rendaient dans la nuit une blancheur laiteuse de neige. Joseph Kahia, le maire de l'île, il lui fournit l'adresse d'un sculpteur qui travaillait la «pierre fleurie «, roche volcanique appelée ainsi parce qu'elle possède des incrustations de grenats qui ressemblent à des pétales de fleurs et que la rivière de la vallée de Hohoi déverse sur la grève dans des couleurs variées et chatoyantes. Michel le sculpteur était en train de dégrossir une de ces phonolites à grenats, les frappes du maillet rendaient des sonorités métalliques et parfois ces pierres servaient d'accompagnement musical. La pierre pesait environ cent kilos, et Michel l'avait descendue de la montagne à dos de cheval, on devinait la silhouette stylisée d'un poisson, d'un *mara*, poisson-napoléon trapu à la grande taille. Guy heureux de la découverte marchanda l'envoi de la pièce terminée à Papeete.

Le cargo avait fait sa dernière halte à Fakarava, avant de rejoindre Papeete. L'atoll des Tuamotu était un véritable écrin d'émeraude, dans lequel était enchâssé le bleu du lagon, et celui-ci était venu se mettre à l'abri dans la fraîcheur turquoise de la petite église, rehaussée par les couleurs franches des vêtements des fidèles, dans laquelle Guy avait retrouvé un peu de sérénité, avant le retour qui n'avait désormais pour lui plus aucune importance.

Les rayons de coquillages tressés suspendus au plafond surplombaient la profusion d'images du Christ et de la Vierge, des *tifaifai* où se mélangeaient les longues journées d'indolence et la pieuse patience. Après avoir traversé l'« archipel dangereux » des Tuamotu, comme l'appelaient les navigateurs d'antan, une légère brise avait pris possession de l'espace, un souffle venu de loin caressait le bastingage sous le ciel embrasé, un frisson parcourait la mer huileuse auparavant immobile comme du plomb fondu, courant dans le sillage du bateau et dans le doux mouvement de la houle endormie, apportant un peu de fraîcheur. La mer était tranquille et le ciel capricieux, à l'horizon des filaments brumeux contrastaient avec de lourds nuages chargés de pluie, des éclaircies, des arcs-en-ciel par bribes jetaient leurs reflets sur l'eau panachée de mauve, d'orangé et de rose. Le piaillement des oiseaux de mer à la poursuite des bonites, surgis de nulle part, se faisait parfois entendre puis tout retombait dans le silence de la mer atone.

# Tempo rubato

Le père d'Hiriata s'était éteint dans la sérénité, il avait vécu dans la justesse de l'existence et trois mois après sa mère l'avait suivi. Hiriata partageait à présent sa vie avec John, un jeune Paumotu qui avait fait des études de technicien de l'aviation en Nouvelle-Zélande, en poste à l'aéroport international de Faa'a. Esprit curieux, amoureux d'Hiriata et admiratif des mondes que sa compagne savait si bien évoquer avec la musique et la parole, John n'eut aucune hésitation lorsqu'elle lui proposa de demander son transfert à l'Aérospatiale de Toulouse. Hiriata était au début de sa grossesse et ils attendaient tous les deux avec impatience la naissance de l'enfant. Les demandes d'affectation furent acceptées, elle eut sa nomination comme professeur au Lycée Pierre de Fermat. Ils avaient trouvé à louer un vieil appartement dans le centre-ville aux hauts plafonds, aux parquets en bois devenus souples comme la peau d'un bébé grâce à l'usure du temps. La grande cheminée en état de marche était une source de ravissement pour Hiriata et John l'utilisait pour préparer des plats des îles.

Ils allaient souvent aux concerts de musique classique et de jazz que la «ville rose» offrait à profusion et lors d'un concert de piano aux Jacobins elle fut saisie, dès les premières notes, par la phrase mélodique qui semblait provenir d'un espace plus intérieur que toute intimité, plus lointain que toute impression venant de l'extérieur. C'était la Sonate Opus 100 de Schubert qui apportait les souvenirs argentés des journées d'hiver à Montparnasse, l'odeur des filets qui séchaient dans la cabane de l'enfance, mêlée étroitement à la texture des livres nourriciers, aux parfums du printemps angevin. Le souvenir douloureux et violent demeurait aussi, mais dépourvu désormais de toute haine, la sonate avait réussi à soustraire à la mort son emprise sur le temps, c'était là du « tempo rubato » qui dans le langage musical signale une altération du rapport entre les notes écrites et celles jouées, il peut être entendu comme la différence entre la vie et l'écriture, entre l'œuvre d'art et l'existence, selon les termes de Daniel Pennac : « Le temps de lire est toujours du temps volé. Tout comme le temps d'écrire, d'ailleurs, ou le temps d'aimer. »

À la sortie d'un concert au Théâtre du Capitole, ils rencontrèrent Peter Crowe, un musicologue originaire de Nouvelle-Zélande et spécialiste de la musique mélanésienne que John avait connu lors de ses années d'étudiant à Auckland. Après des études très poussées avec Bruno Maderna, Peter avait été chargé de direction du programme sur les traditions orales des Nouvelles-Hébrides. Tombé amoureux d'une jeune ethnologue française à l'université d'Auckland, il l'avait suivie en France dans une sorte de voyage à rebours de l'exotisme amoureux. Il enseignait à l'université de Bordeaux, où il fut nommé directeur du LATOP, Laboratoire des Traditions orales du Pacifique. La grande ville européenne allait jouer pour lui le rôle captivant de la jungle dans les romans de Joseph Conrad, il était devenu peu à peu un « paria de la ville », quittant Bordeaux pour Toulouse, délaissant son poste d'ethnomusicologue et réservant quelques articles, de plus en plus rares, aux revues spécialisées. La ville moderne l'avait fait sombrer dans la solitude désolée et la première fois qu'il reçut chez lui le couple polynésien il avait essayé de remettre un peu d'ordre dans son appartement situé dans

l'un des immeubles populaires sur les hauteurs du quartier Joli-
mont d'où l'on pouvait voir le couchant absorbé par les briques
de la « ville rose ». Hirata admirait Toulouse qui tempérait l'éclat
solaire du Sud et parvenait à l'intégrer dans une douce lumière,
lui donnant une dimension humaine. Peter possédait une riche
bibliothèque consacrée essentiellement au Pacifique, il était
abonné à des revues comme « Rongorongo studies », au « The
Journal of the Polynesian Society » de l'université d'Auckland, ce
qui lui permettait de garder un lien avec la culture du Pacifique
et de publier parfois des textes sur l'ethnomusicologie.

Hiriata trouvait chez Peter un air de famille lorsqu'il
expliquait son départ des Nouvelles-Hébrides à la fin des années 70 par le sentiment de devenir étranger aux références du
« socialisme mélanésien » qui allaient aboutir, dans l'année 1980
à l'indépendance politique de la République du Vanuatu. Il
trouvait que dans la constitution de la jeune république, officiel-
lement proclamée « démocratique, socialiste et coutumière » il y
avait peut-être un peu trop de termes contradictoires. Pendant
de nombreuses années en tant que chercheur aux Nouvelles-Hébrides, Peter s'était confronté au mot de référence de la nouvelle culture identitaire, la *kastom*, déformation du mot anglais
*custom*, la coutume, concept qui désignait toutes les pratiques
sociales (vie matérielle, culture, sport, cuisine, etc.) et qui allait
devenir l'idéologie officielle du jeune état. Elle était l'illustration d'un traditionalisme d'État qui avait propulsé les nouvelles
classes moyennes autochtones au poste de commandement et
qu'elles appelaient « voie océanienne à la démocratie ». Hiriata
faisait remarquer comment les classes populaires étaient tenues
à l'écart des véritables décisions politiques et maintenues sous
le poids permanent d'un devoir d'appartenance ethnique qui
imposait une identité culturelle commune, façon d'éviter toute

question sur une juste redistribution des richesses. Le traditionalisme, qui était autrefois la valeur refuge des classes subalternes, était devenu le legs des nouvelles classes dirigeantes, forme de « contre-racisme » qui avait hérité de tous les aspects de ce à quoi il s'opposait. Revendiqué par la culture récente de l'Océanie, le retour aux prétendues sources authentiques des traditions ancestrales est l'alibi idéologique des élites dirigeantes postcoloniales du Pacifique qui leur permet d'assurer les privilèges économiques acquis. Le terme de « culture traditionnelle » crée des lettres de noblesse plus que présentables à la notion marquée du sceau de la négativité de « race », tout en étant son parfait équivalent. L'identité communautaire qui prime toute identité personnelle, unifie les différences sociales et donne une légitimité aux inégalités réelles.

Peter et Hiriata avaient en commun la recherche d'une géographie intérieure, la nécessité de transformer la mémoire de la blessure en force créatrice. Ils vivaient tous les deux la réalité propre à l'intellectuel moderne qui faisait l'expérience de la dureté du déracinement et de son corrélat : la nostalgie de l'exil, qui empêchait l'âme de se reposer sur la certitude de l'origine ainsi que sur la sécurité de l'installation. Hiriata connaissait avec Peter la véritable amitié, si rare en Océanie où les rapports communautaires obligés, les intérêts et les rivalités familiales priment sur tout autre sentiment. Elle comprenait avec lui que l'échange de paroles était l'essence de l'amitié et le véritable terrain de la rencontre. Hiriata avait accouché d'un garçon, Kahea, et Peter était devenu son parrain. Pour l'occasion, il avait conduit la petite famille au Musée d'histoire naturelle du Jardin des Plantes. Dans une grande salle aux spacieuses vitrines en bois exotique se trouvaient pêle-mêle des noix de coco pyrogravées des Marquises, des pierres fleuries d'Ua Pou, la reconstitution d'un *moa* de Nouvelle-Zélande, oiseau disparu depuis des siècles, des pointes de flèches en os humain de Papouasie, des hameçons en nacre des Tuamotu, un costume de deuilleur des îles de la Société. Dans la lumière du couchant, les rayons du soleil formaient des bandes lumineuses chargées d'infimes particules de poussière et le cabinet de curiosités hétéroclite montrait l'image d'un capharnaüm océanien, où l'Histoire et la Nature, les voyages et les images se mélangeaient. La maladie rapide et sournoise avait frappé Peter, il avait décidé de faire retour en Nouvelle-Zélande, dans la ferme paternelle près d'Auckland, là où la rivière égrenait sur les galets le motif qui revenait depuis quelque temps à son esprit, véritable caresse sonore qui avait ouvert le sens d'une vie.

Il savait bien que la rencontre avec son passé ne pouvait se faire que parce que ce thème originaire s'était déployé autrement, dans la méconnaissance et l'oubli propres à l'existence, dans le souvenir qui brille plus intensément au moment du danger. Le retour à la maison natale se trouvait à la fin du voyage, c'est lui qui donnait à l'origine son sens et son aboutissement. Après avoir fait cadeau de nombreux livres à Hiriata, il avait dispersé ce qui restait de sa bibliothèque auprès des bouquinistes de la ville. À la veille de son départ, ils firent une ultime promenade sur les berges fleuries de la Garonne, là où le fleuve rassemble les couleurs améthyste du soir et montre à l'Ouest une trouée lumineuse qui semble ne jamais vouloir finir. Après le départ de Peter, Hiriata venait souvent sur les berges du fleuve, son regard demeurait fixé sur l'horizon aussi longtemps que les dernières lueurs du jour, avec les mots à l'esprit que l'ami lui avait adressés en guise de salutation : « Nous nous reverrons, nous nous dirons joyeusement ce qui s'est passé. »

# TABLE DES MATIÈRES

# BIOGRAPHIE

Riccardo Pineri, professeur émérite des universités, a enseigné la littérature et la philosophie italiennes à l'université de Toulouse - Le Mirail et à l'université Paul-Valéry de Montpellier, la littérature comparée et l'esthétique à l'université de la Polynésie française.

Depuis ses premières recherches consacrées aux rapports de la création poétique et du questionnement philosophique, il a mis au centre de ses travaux l'interrogation sur la rencontre des écrivains et des peintres occidentaux avec la Polynésie.

Auteur de nombreux ouvrages et études, il présente ici son premier roman.

# BIBLIOGRAPHIE


- G. Leopardi et le retrait de la voix, aux éditions Philosophiques Vrin, Paris, 1994 dans collection «Art et philosophie»
- L'île Matière de Polynésie, aux éditions Balland, Paris, 1994, nouvelle édition revue et augmentée, éditions le Motu, Tahiti, 2006
- A. H. Gouwe, peintre de Polynésie, aux éditions Avant et Après, Paris, 1998
- Joan Abello en Polynésie, Editions Méditerranée, Barcelone, mars 2006
- Jean-Charles Bouloc, Editions 'Ura, Papeete, décembre 2009
- Andreas Dettloff, signes et traces du sacré, Editions 'Ura, Papeete, octobre 2014.
- Chroniques du temps qui passe, 'Api Tahiti, avril 2015

(sous la direction de)
- Présence de Vico, Main d'œuvre, Montpellier, 1995
- Paul Gauguin, héritage et confrontation, Actes du colloque mars 2002 UPF, editions le Motu, 2003
- Après Gauguin, la peinture à Tahiti de 1903 aux années 60, Musée de Tahiti et des îles, 2014

Dépôt légal : Septembre 2019


pour le compte des éditions 'Api Tahiti
contact@apitahiti.com


© Tous droits réservés - 2019